एक गधे की आत्मकथा

एक गधे की आत्मकथा

कृश्न चन्दर

राजपाल

₹ 250
ISBN : 9788170282433
संस्करण : 2026
EK GADHE KI AATMAKATHA (Satire)
by Krishna Chander
मुद्रक : जी.एस. ऑफसेट दिल्ली

राजपाल एण्ड सन्ज़
1590, मदरसा रोड, कश्मीरी गेट, दिल्ली-110006
फोन : 011-23869812, 23865483, 23867791
e-mail : sales@rajpalpublishing.com
www.rajpalpublishing.com
www.facebook.com/rajpalandsons

एक गधे की आत्मकथा

1

❑ *इसके पढ़ने से बहुतों का भला होगा—*

महानुभाव ! मैं न तो कोई साधु-संन्यासी हूं, न कोई महात्मा-धर्मात्मा। न श्री 108 स्वामी गहम गहमानन्द का चेला हूं, न जड़ी-बूटियों वाला सूफी गुरमुखसिंह मझेला हूं। न मैं वैद्य हूं, न कोई डाक्टर। न कोई फिल्म स्टार हूं, न राजनीतिज्ञ। मैं तो केवल एक गधा हूं, जिसे बचपन के दुष्कर्मों के कारण समाचार-पत्र पढ़ने का घातक रोग लग गया था। होते-होते यह रोग यहां तक बढ़ा कि मैंने ईंटें ढोने का काम छोड़कर केवल समाचार-पत्र पढ़ना आरम्भ कर दिया। उन दिनों मेरा मालिक धब्बू कुम्हार था, जो बाराबंकी में रहता था (जहां के गधे बहुत प्रसिद्ध हैं) और सैयद करामतअली शाह बार-एट-ला की कोठी पर ईंटें ढोने का काम करता था। सैयद करामतअली शाह लखनऊ के एक माने हुए बैरिस्टर थे, और अपने पैतृक नगर बाराबंकी में एक आलीशान कोठी स्वयं अपनी निगरानी में बनवा रहे थे। सैयद साहब को पढ़ने-लिखने का बहुत शौक था। इसलिए अपनी कोठी का जो भाग उन्होंने सबसे पहले बनवाया, वह उनकी लाइब्रेरी का हाल तथा रीडिंग-रूम था, जिसमें वह प्रातःकाल आकर बैठ जाते। वह बाहर बरामदे में कुर्सी डालकर समाचार-पत्र पढ़ते और ईंटें ढोने वालों की निगरानी भी करते रहते। उन्हीं दिनों मुझे समाचार-पत्र पढ़ने का चस्का पड़ा। होता अधिकतर यों था कि इधर मैंने एक उठती हुई दीवार के नीचे ईंटें फेंकीं, उधर भागता हुआ रीडिंग-रूम की ओर चला गया। बैरिस्टर साहब समाचार-पत्र पढ़ने में इतने लीन होते कि उन्हें मेरे आने की खबर तक न होती और मैं उनके पीछे खड़ा होकर समाचार-पत्र का अध्ययन शुरू कर देता। बढ़ते-बढ़ते यह शौक यहां तक बढ़ा कि बहुधा मैं बैरिस्टर साहब से पहले ही समाचार-पत्र पढ़ने पहुंच जाता। बल्कि प्रायः ऐसा भी हुआ है कि समाचार-पत्र का पहला पन्ना मैं पढ़ रहा हूं और वह सिनेमा के विज्ञापनों वाले पन्ने मुलाहिज़ा फरमा रहे हैं। मैं कह रहा हूं—ओह!

ईडन, आइजन हावर, बुल्गानिन फिर मुलाकात करेंगे और वह कह रहे हैं—अहा! हज़रतगंज में दिलीप कुमार और निम्मी की नई फिल्म आ रही है। मैं कह रहा हूं—चः चः ! सिकंदरिया की हवाई दुर्घटना में बारह मुसाफिर मर गए ! और वह कह रहे हैं—बाप रे बाप ! सोने का भाव फिर बढ़ गया है। बस, इसी प्रकार हमारा यह सिलसिला चलता रहता, यहां तक कि मेरा मालिक ईंटें गिनकर और मिस्त्री के हवाले करके वापस आ जाता और मेरी पीठ पर ज़ोर से एक कोड़ा मारकर मुझे ईंटें ढोने के लिए ले जाता, लेकिन बैरिस्टर साहब मुझे कुछ न कहते। दूसरे फेरे में जब मैं वापस आता, तो वह स्वयं समाचार-पत्र का अगला पन्ना उठाकर मुझे दे देते और यदि मैं पूरा पढ़ चुका होता, तो भीतर लाइब्रेरी से कोई पुस्तक निकाल लाते और ज़ोर-ज़ोर से पढ़ना शुरू कर देते। यह जो मैं पढ़ना और बोलना सीख गया हूं, तो इसे सैयद साहब का ही चमत्कार समझिए या उनकी कृपादृष्टि, क्योंकि सैयद साहब को समाचार-पत्र पढ़ते हुए खबरों पर बहस करने और पुस्तकों को ऊंचे स्वर में पढ़ने तथा पढ़ते हुए उन पर टिप्पणी करने की बुरी आदत थी। यहां जिस स्थान पर वह कोठी बनवा रहे थे, उन्हें कोई

व्यक्ति ऐसा न मिला, जिससे वह ऐसी बहस कर सकते। यहां प्रत्येक व्यक्ति अपने-अपने काम में व्यस्त था। बस, मैं एक गधा उन्हें मिला। परन्तु इसमें उन्हें कोई आपत्ति नहीं थी। वास्तव में वह केवल बातचीत करना चाहते थे। किसी से अपने मन की बातें कहना चाहते थे। गधे की बजाय एक खरगोश भी उनकी संगति में रहता तो महापण्डित बन जाता। सैयद साहब मेरे प्रति बड़ा स्नेह प्रकट करते थे और प्रायः कहा करते थे, "अफसोस, तुम गधे हो, अगर आदमी के बच्चे होते, तो मैं तुम्हें अपना बेटा बना लेता !" सैयद साहब के कोई सन्तान न थी। खैर साहब ! करनी भगवान की यह हुई कि एक दिन सैयद करामतअली शाह की कोठी तैयार हो गई और मेरे मालिक को और मुझे भी वहां के काम से छुट्टी मिल गई। फिर उसी रात धब्बू कुम्हार ने ताड़ी पीकर मुझे डंडे से खूब पीटा और घर से बाहर निकाल दिया और खाने के लिए घास भी न दी। मेरा दोष यह बताया कि मैं ईंटें कम ढोता था और समाचार-पत्र अधिक पढ़ता था, और कहा—मुझे ईंटें ढोने वाला गधा चाहिए, समाचार-पत्र पढ़ने वाला गधा नहीं चाहिए।

रात-भर भूखा-प्यासा मैं धब्बू कुम्हार के घर के बाहर शीत में ठिठुरता रहा। मैंने निश्चय कर लिया कि दिन निकलते ही सैयद करामतअली शाह की कोठी पर जाऊंगा और उनसे कहूंगा कि ईंटें ढोने पर नहीं तो पुस्तकें ढोने पर ही मुझे नौकर रख लीजिए। शेक्सपियर से लेकर बेढब मूज़ी तक मैंने प्रत्येक लेखक की पुस्तकें पढ़ी हैं, और जो कुछ मैं उन लेखकों के सम्बन्ध में जानता हूं, वह कोई दूसरा गधा नहीं जान सकता। मुझे पूरी आशा थी कि सैयद साहब तुरन्त मुझे रख लेंगे, लेकिन भाग्य की बात देखिए कि जब मैं सैयद साहब की कोठी पर पहुंचा तो मालूम हुआ कि रातों-रात कोठी पर फसादियों ने हमला किया और सैयद करामतअली शाह को अपनी जान बचाकर पाकिस्तान भागना पड़ा। फसादियों में लाहौर के गंडासिंह फल विक्रेता भी थे, जिनकी लाहौरी दरवाज़े के बाहर फलों की बहुत बड़ी दुकान और माडल टाउन में एक आलीशान कोठी थी। इस हिसाब से एक आलीशान कोठी उन्हें यहां भी मिलनी चाहिए थी, सो भगवान की कृपा से उन्हें सैयद करामतअली शाह की नई बनी-बनायी कोठी मिल गई। जब मैं वहां पहुंचा तो गंडासिंह लाइब्रेरी की समस्त पुस्तकें एक-एक करके बाहर फेंक रहे थे और लाइब्रेरी को फलों से भर रहे थे। यह शेक्सपियर का सेट गया और तरबूज़ों का टोकरा भीतर आया ! ये गालिब के दीवान बाहर फेंके गए और मलीहाबाद के आम भीतर रखे गए ! यह खलील जिबरान गए और खरबूज़े आए ! थोड़े समय के बाद सब पुस्तकें बाहर थीं और सब फल भीतर। अफलातून के स्थान पर आलू बुखारे, सुकरात के स्थान पर सीताफल! जोश के स्थान पर जामुन, मोमिन के स्थान पर मोसम्बी, शेली के स्थान पर शहतूत,

कीट्स के स्थान पर ककड़ियां, सुकरात के स्थान पर बादाम, कृश्न चन्दर के स्थान पर केले और ल. अहमद के स्थान पर लीमू भरे हुए थे। पुस्तकों की यह दुर्गत देखकर मेरी आंखों में आंसू आ गए और मैं उन्हें एक-एक करके उठाकर अपनी पीठ पर लादने लगा। इतने में गंडासिंह अपनी फलों की लाइब्रेरी से बाहर निकल आए और एक नौकर से कहने लगे—इस गधे की पीठ पर सारी पुस्तकें लाद दो ओर एक फेरे में न जाएं तो आठ-दस फेरे करके ये सब पुस्तकें एक लारी में भरकर लखनऊ ले जाओ और नखास में बेच डालो। अतएव गंडासिंह के नौकर ने ऐसा ही किया। मैं दिन-भर पुस्तकें लाद-लादकर लारी तक पहुंचाता रहा और जब शाम हो गई और अन्तिम पुस्तक भी लारी तक पहुंच गई, तब कहीं गंडासिंह के नौकर ने मुझे छोड़ा। मेरी पीठ पर उसने ज़ोर का एक कोड़ा जमाया और मुझे लात मार कर वहां से भगा दिया। मैंने सोचा—जिस शहर में पुस्तकों तथा महापण्डितों का ऐसा अनादर होता हो, वहां रहना ठीक नहीं। इसलिए मैंने वहां से प्रस्थान का संकल्प कर लिया। अपने शहर के दरो-दीवार पर हसरत-भरी निगाह डाली, घास के दो-चार तिनके तोड़कर मुंह में रखे और दिल्ली की ओर चल खड़ा हुआ। सोचा—दिल्ली स्वतंत्र भारत की राजधानी भी है और कला, विद्या, राज्यों तथा राजनीति का केन्द्र भी। वहां किसी-न-किसी प्रकार गुज़ारा हो जाएगा।

2

❑ *करना प्रस्थान गधे का बाराबंकी से और जाना दिल्ली तथा वर्णन उस सुन्दर नगरी का*

उन दिनों 'दिल्ली चलो' का नारा प्रत्येक छोटे-बड़े व्यक्ति की ज़बान पर था। और एक तरह से मैं भी इसी नारे से प्रभावित होकर दिल्ली जा रहा था। परन्तु यह मालूम न था कि रास्ते में क्या विपत्ति आएगी। रास्ते में एक स्थान पर मैंने देखा, एक मुसलमान बढ़ई शरअई दाढ़ी रखे हुए एक छोटी-सी गठरी बगल में दबाए, एक छोटे-से गांव से भागकर सड़क पर आ रहा था। मैंने सहानुभूति प्रकट करते हुए उसे अपनी पीठ पर सवार कर लिया और तेज़-तेज़ कदमों से चलने लगा, ताकि उस गांव के फसादी उसका पीछा न कर सकें। और हुआ भी यही, मैं बहुत आगे निकल गया और मन-ही-मन बहुत प्रसन्न हुआ कि चलो, मेरे कारण एक निर्दोष की जान बच गई। इतने में क्या देखता हूं कि बहुत-से फसादी रास्ता रोके खड़े हैं।

एक फसादी ने हमारी ओर देखकर कहा—देखो, इस बदमाश मुसलमान को!

न जाने किस बेचारे हिन्दू का गधा चुराए लिए जा रहा है। मुसलमान बढ़ई ने अपनी जान बचाने के लिए बहुत कुछ कहा, मगर किसी ने एक न सुनी। उसे फसादियों ने मौत के घाट उतार दिया। मुझे एक फसादी ने बांध लिया और अपने घर की ओर चला।

जब हम आगे बढ़े तो रास्ते में मुसलमानों के कुछ गांव पड़ते थे। यहां पर कुछ-एक दूसरी ओर के फसादी आगे बढ़े। एक ने कहा—देखो, यह बेचारा गधा किसी मुसलमान का मालूम होता है, जिसे यह हिन्दू फसादी घेरे लिए जा रहा है। उस बेचारे ने भी अपनी जान बचाने के लिए बहुत कुछ कहा लेकिन किसी ने एक न सुनी और उसका सफाया हो गया और मैं एक मौलवी साहब के हिस्से में आया, जो मुझे उसी रस्सी से पकड़कर अपनी मस्जिद की ओर ले चले। रास्ते में मैंने मौलवी साहब के आगे बहुत अनुनय-विनय की :

मैं—हज़रत ! मुझे छोड़ दीजिए।

मौलवी—यह कैसे हो सकता है ? तुम माले-गनीमत हो।

मैं—हुज़ूर ! मैं माले-गनीमत नहीं हूं। गनीमत यह है कि मैं एक गधा हूं वरना अब तक मारा गया होता।

मौलवी—अच्छा, यह बताओ, तुम हिन्दू हो या मुसलमान ? फिर हम फ़ैसला करेंगे।

मैं—हुज़ूर, न मैं हिन्दू हूं न मुसलमान। मैं तो बस एक गधा हूं और गधे का कोई मज़हब नहीं होता।

मौलवी—मेरे सवाल का ठीक-ठीक जवाब दो।

मैं—ठीक ही तो कह रहा हूं। एक मुसलमान या हिन्दू तो गधा हो सकता है, लेकिन एक गधा मुसलमान या हिन्दू नहीं हो सकता।

मौलवी—तू बहुत बदमाश मालूम होता है। हम घर जाकर तुझे ठीक करेंगे।

मौलवी साहब ने मुझे मस्जिद के बाहर एक खूंटे से बांध दिया और स्वयं भीतर चले गए। मैंने मौका गनीमत जाना और रस्सी तोड़कर वहां से निकल भागा। ऐसा भागा, ऐसा भागा कि मीलों तक पीछे मुड़कर नहीं देखा। अब मैंने यह निश्चय कर लिया कि इन संकीर्ण-हृदय व्यक्तियों के झगड़े से एक गधे का क्या सम्बन्ध ! अब मैं न किसी हिन्दू की सहायता करूंगा, न मुसलमान की। अतएव अब मैं दिन भर किसी वृक्ष की घनी छाया में पड़ा रहता या किसी जंगल अथवा मैदान में घास चरता रहता और रात होने पर अपनी यात्रा शुरू कर देता। इस प्रकार चलते-चलते बड़ी मुश्किल से कहीं छह-सात महीनों के बाद दिल्ली पहुंचा। दिल्ली के भूगोल का वर्णन संक्षिप्त रूप से करता हूं, ताकि दिल्ली आने वाले यात्री मेरी जानकारी से पर्याप्त लाभ उठा सकें और धोखा न खाएं।

एक हिन्दू या मुसलमान तो गधा हो सकता है, लेकिन....

दिल्ली का भूगोल

इसके पूर्व में शरणार्थी, पश्चिम में शरणार्थी, दक्षिण में शरणार्थी और उत्तर में शरणार्थी बसते हैं। बीच में भारत की राजधानी है और इसमें स्थान-स्थान पर सिनेमा के अतिरिक्त नपुंसकता की विभिन्न औषधियों और शक्तिवर्धक गोलियों के विज्ञापन लगे हुए हैं, जिससे यहां की सभ्यता तथा संस्कृति की महानता का अनुभव होता है। एक बार मैं चांदनी चौक से गुज़र रहा था कि मैंने एक सुन्दर युवती को देखा, जो तांगे में बैठी पायदान पर पांव रखे अपनी सुन्दरता के नशे में डूबी चली जा रही थी और पायदान पर विज्ञापन चिपका हुआ था, 'असली शक्तिवर्धक गोली इन्द्रसिंह जलेबी वाले से खरीदिए !' मैं इस दृश्य के तीखे व्यंग्य से प्रभावित हुए बिना न रह सका और बीच चांदनी चौक में खड़ा होकर कहकहा लगाने लगा। लोग राह चलते-चलते रुक गए और एक गधे को बीच सड़क में कहकहा लगाते देखकर हंसने लगे। वे बेचारे मेरी धृष्ट आवाज़ पर हंस रहे थे और मैं उनकी धृष्ट सभ्यता पर कहकहे लगा रहा था। इतने में एक पुलिस के संतरी ने मुझे डण्डा मारकर टाउन हाल की ओर ढकेल दिया।

इन लोगों को मालूम नहीं कि कभी-कभी गधे भी इन्सानों पर हंस सकते हैं।

दिल्ली में आनेवालों को यह याद रखना चाहिए कि दिल्ली में प्रवेश करने के बहुत-से दरवाज़े हैं। दिल्ली दरवाज़ा, अजमेरी दरवाज़ा, तुर्कमान दरवाज़ा इत्यादि। परन्तु आप दिल्ली में इनमें से किसी दरवाज़े के रास्ते भीतर नहीं आ सकते। क्योंकि इन दरवाज़ों के भीतर प्रायः गायें, भैंसें, बैल बैठे रहते हैं या फिर पुलिसवाले चारपाइयां बिछाए ऊंघते रहते हैं। हां, इन दरवाज़ों के दायें-बायें बहुत-सी सड़कें बनी हुई हैं, जिन पर चलकर आप दिल्ली में प्रवेश कर सकते हैं। अंग्रेज़ों ने दिल्ली में भी एक इंडिया गेट बनाया है, लेकिन इस गेट से भी गुज़रने का कोई रास्ता नहीं है। दरवाज़े के इर्द-गिर्द घूम-फिरकर जाना पड़ता है। संभव है, दिल्ली के घरों में भी थोड़े दिनों में ऐसे दरवाज़े लग जाएं; फिर लोग खिड़कियों में से कूदकर घरों में प्रवेश किया करेंगे।

दिल्ली में नई दिल्ली है और नई दिल्ली में कनाटप्लेस है। कनाटप्लेस बड़ी सुन्दर जगह है। शाम के समय मैंने देखा कि लोग लोहे के गधों पर सवार होकर इसकी गोल सड़कों पर घूम रहे हैं। यह लोहे का गधा हमसे तेज़ भाग सकता

लोग लोहे के गधे पर सवार होकर घूमते हैं....

है, परन्तु हमारी तरह आवाज़ नहीं निकाल सकता। यहां पर मैंने बहुत-से लोगों को भेड़ की खाल के बालों के कपड़े पहने हुए देखा है। स्त्रियां अपने मुंह और नाखून रंगती हैं, और अपने बालों को इस प्रकार ऊंचा करके बांधती हैं कि दूर से वे बिल्कुल गधे के कान मालूम होते हैं। अर्थात् इन लोगों को गधे बनने का कितना शौक है, यह आज मालूम हुआ।

कनाटप्लेस से टहलता हुआ मैं इंडिया गेट चला गया। यहां चारों ओर बड़ी सुन्दर घास बिछी थी और उसकी दूब तो अत्यंत स्वादिष्ट थी। मैं दो-तीन दिन से भूखा तो था ही, बड़े मज़े से मुंह मार-मारकर चरने लगा। इतने में एक ज़ोर का डंडा मेरी पीठ पर पड़ा। मैंने घबराकर देखा, एक पुलिस का सिपाही क्रोध-भरे स्वर में कह रहा था :

"यह कमबख्त गधा यहां कैसे घुस आया ?"

मैंने पलटकर कहा, "क्यों भाई, क्या गधों को नई दिल्ली में आने की मनाही है ?"

मुझे बोलता देखकर वह सटपटा गया। शायद उसने आज तक किसी गधे को बोलते नहीं सुना था। फटी-फटी आंखों से मेरी ओर देखने लगा। थोड़ी देर बाद उसका आश्चर्य कुछ कम हुआ, तो मुझे रस्सी से खींचकर थाने ले चला। थाने में ले जाकर उसने मुझे कान्स्टेबल के सामने जा खड़ा किया।

हेड कान्स्टेबल ने बड़े आश्चर्य से उसकी ओर देखकर कहा, "इसे यहां क्यों लाए हो, रामसिंह ?"

रामसिंह ने कहा, "हुज़ूर ! यह एक गधा है।"

"गधा तो है, यह तो मैं भी देख रहा हूं, मगर तुम इसे यहां क्यों लाए हो?"

"हुज़ूर, यह इंडिया गेट पर घास चर रहा था।"

"अरे, घास चर रहा था तो क्या हुआ ! तुम्हारी बुद्धि तो कहीं घास चरने नहीं चली गई ? इसे यहां क्यों लाए ? ले जाकर कांजी हाउस में बंद कर देते। इस बेज़बान जानवर को थाने में लाने की क्या ज़रूरत थी।"

रामसिंह ने रुकते-रुकते मेरी ओर विजयी दृष्टि से देखकर कहा, "हुज़ूर, यह बेज़बान नहीं है, यह बोलता है !" अबकी हेड कान्स्टेबल बहुत हैरान हुआ, लेकिन पहले तो उसे विश्वास न आया; फिर बोला, "रामसिंह, तुम्हारा दिमाग तो ठीक है।"

"नहीं, यह बिलकुल ठीक कहता है, हेड कान्स्टेबल साहिब !" मैंने धीरे से सिर हिलाकर कहा।

हेड कान्स्टेबल अपनी सीट से उछला, मानो उसने कोई भूत देख लिया हो। वास्तव में उसका आश्चर्य अनुचित भी नहीं था, क्योंकि नई दिल्ली में ऐसे तो बहुत लोग होंगे जो इन्सान होकर गधों की तरह बातें करते हों लेकिन एक ऐसा

गधा, जो गधा होकर इन्सानों की-सी बात करे, हेड कान्स्टेबल ने आज तक देखा-सुना न था। इसलिए बेचारा चकरा गया। उसकी समझ में न आया कि क्या करे। आखिर सोच-सोचकर उसने रोजनामचा खोला और रपट दर्ज़ करने लगा।

उसने मुझसे पूछा, ''तुम्हारा नाम ?''

''गधा।''

''बाप का नाम ?''

''गधा।''

''दादा का नाम ?''

''गधा।''

''यह क्या बकवास है ?'' हेड कान्स्टेबल ने क्रोधपूर्वक कहा, ''सबका एक ही नाम है ! यह कैसे हो सकता है। अब मुझे देखो, मेरा नाम ज्योतिसिंह है। मेरे बाप का नाम प्यारेलाल था। मेरे दादा का नाम जीवनदास था। हमारे यहां नाम बदलते रहते हैं। तुम ज़रूर झूठ बोलते हो।''

ज्योतिसिंह मुझे सन्देह की नज़रों से देखने लगा।

मैंने कहा, ''हुज़ूर ! मैं झूठ नहीं बोलता, सच कहता हूं कि हमारे यहां नाम नहीं बदलते। जो बाप का नाम होता है, वही बेटे का, वही पोते का।''

''इससे क्या लाभ ?'' ज्योतिसिंह ने पूछा।

''इससे वंशावली मिलाने में सुविधा होती है। उदाहरणस्वरूप, क्या आप मुझे अपने परदादा के परदादा का नाम बता सकते हैं ?'' मैंने ज्योतिसिंह से पूछा।

''नहीं।'' ज्योतिसिंह ने अफसोस प्रकट किया।

''मगर मैं बता सकता हूं। आपके यहां वह आदमी बड़ा खानदानी समझा जाता है, जो आज से चार सौ, छह सौ, आठ सौ, सोलह सौ साल पहले के अपने पुरखे का नाम बता सके। देखिए, मैं आपको आज से सोलह सौ क्या, सोलह लाख साल पहले के अपने पुरखे का नाम बता सकता हूं—श्री गधा ! बोलिए, फिर क्या हम गधे आपसे बेहतर खानदान के हुए या नहीं ?''

ज्योतिसिंह ने बड़े ध्यान से मेरी ओर देखा। उसका सन्देह और बढ़ गया। उसने धीमे स्वर में रामसिंह के कान में कानाफूसी करते हुए कहा, ''मुझे यह शख्स बड़ा खतरनाक मालूम होता है। हो न हो, यह कोई विदेशी जासूस है, जो गधे के लिबास में नई दिल्ली के चक्कर लगा रहा है !''

रामसिंह ने कहा, ''हुज़ूर ! मैं तो समझता हूं, इसकी खाल उतरवा कर देखना चाहिए, भीतर से खुफिया जासूस निकल आएगा। फिर हम इसे फौरन गिरफ्तार कर लेंगे।''

ज्योतिसिंह ने कहा, "तुम बिल्कुल ठीक कहते हो। लेकिन इसके लिए सब-इन्सपेक्टर चाननराम की आज्ञा लेना बहुत ज़रूरी है। चलो, इसे उनके सामने ले चलें।"

मेरे कान में भी कुछ भनक पड़ गई थी, लेकिन मैं कान लपेटे चुप रहा और उन दोनों के साथ भीतर के कमरे में सब-इन्सपेक्टर चाननराम के सामने चला। चाननराम की मूंछें बिच्छू के डंक की तरह खड़ी थीं और उसका सुर्ख चेहरा हर समय तमतमाया रहता था। चाननराम को आज तक किसी ने हंसते या मुस्कराते हुए नहीं देखा था, इसलिए लोग उसे एक योग्य पुलिस अफसर समझते थे। चाननराम ने उनकी पूरी बात सुनकर मेरी ओर घूरकर देखा और कहा, "हूं ! तो तुम पाकिस्तान के जासूस हो ?"

मैं चुप रहा।

चाननराम ने ज़ोर से मेज़ में मुक्का मारकर कहा, "समझ गया, तुम रूस के एजेण्ट हो।"

मैं फिर भी चुप रहा।

चाननराम ने दांत पीसते हुए कहा, "कमबख्त ! बदमाश ! कम्युनिस्ट ! मैं तुम्हारी हड्डी-पसली एक कर दूंगा, वरना जल्दी बताओ तुम कौन हो ?"

यह कहकर चाननराम मुझे मुक्कों, लातों और ठोकरों से मारने लगा। मारते-मारते जब वह बिल्कुल बेदम हो गया तो मैंने ज़ोर से एक दर्द-भरी आवाज़ की। आवाज़ करते ही वह रुक गया और पहले मेरी ओर आश्चर्य से देखकर और फिर अत्यन्त क्रोध से ज्योतिसिंह और रामसिंह की ओर देखकर बोला, "अरे, यह तो बिलकुल गधा है। और तुम कहते हो, यह कोई विदेशी जासूस है। तुम मुझसे मज़ाक करते हो ! मैं अभी तुमको डिसमिस करता हूं।"

सबइन्स्पेक्टर चाननराम

रामसिंह और ज्योतिसिंह दोनों भय से थरथर कांपने लगे। हाथ जोड़कर बोले, "हुजूर ! अभी यह बाहर के कमरे में बोल रहा था। साफ-साफ बोल रहा था! बिलकुल इन्सानों की तरह।"

"तुमने सपना देखा होगा या काम करते-करते तुम्हारा दिमाग खराब हो गया होगा। जाओ, इस गधे को मेरे सामने से ले जाओ और कांजी-हाउस में बन्द कर दो। अगर तीन-चार दिन में इसका मालिक न आए तो नीलाम कर देना।"

मैं खुशी-खुशी बाहर आया। मेरी चाल काम कर गई। अगर मैं बोलता तो वे लोग निश्चय ही मेरी खाल उधेड़कर देख़ते कि भीतर कौन है ?

इसके बाद तीन-चार दिन तो क्या एक हफ्ते तक कोई मालिक न आया। फिर मुझे नीलाम कर दिया गया। अबके मुझे रामू धोबी ने खरीद लिया जो यमुनापार कृष्णनगर में रहता था।

3

❑ *जाना यमुनापार रामू धोबी के घर और मुलाकात करना गधे का म्युनिसिपल कमेटी के मुहर्रिर से*

रामू धोबी किसी ज़माने में मोहल्ला सुईवालान में रहता था, लेकिन जब उसके बहुत-से ग्राहक पाकिस्तान जा बसे और जो शेष रह गए वे इतने निर्धन हो गए कि स्वयं अपने हाथों कपड़े धोने लगे, तो रामू धोबी भी वहां से निकलकर यहां यमुनापार कृष्णनगर में आ बसा। यहां मुझे बहुत बड़ा परिश्रम करना पड़ा। रामू सुबह उठते ही कपड़ों की गठरियां मेरी पीठ पर लादकर चल देता और यमुना के किनारे पानी में खड़ा होकर 'छुआ छू' शुरू कर देता। दोपहर को उसकी पत्नी खाना लेकर आती थी और कुछ धुले हुए कपड़े मेरी पीठ पर लादकर लोहा करने ले जाती थी। मैं दिन-भर यमुना-किनारे घास चरता रहता या पुल पर से गुजरते लोगों को देखता रहता। दिन ढले रामू फिर मेरी पीठ पर कपड़े लादकर और स्वयं भी सवार होकर वापस घर चला आता और मुझे एक खूंटे से बांधकर, मेरे सामने घास डालकर थका-हारा चारपाई पर पड़ जाता। सुबह से शाम तक कुछ इसी प्रकार का जीवन व्यतीत होता था—एक खूंटे से दूसरे खूंटे तक; घर से घाट और घाट से वापस घर तक। बीच में न कोई पुस्तक आती, न ही कोई समाचार-पत्र। संसार में क्या हो रहा है ? विज्ञान किसे कहते हैं ? सिनेमा क्या होता है ?

सभ्यता तथा संस्कृति, नृत्य तथा सौन्दर्य, इन सब बातों से मेरा तथा रामू का जीवन बिलकुल खाली था। मैं तो खैर एक गधा था, लेकिन मैं देख रहा था कि रामू और उसके घरवाले और उसके घर के आस-पास रहने वाले लगभग एक-सा जीवन, बिलकुल मेरे जैसा जीवन, व्यतीत करते थे। कितने अच्छे-अच्छे

कपड़े उन लोगों के यहां धुलने को आते ! सुन्दर छींटें, सुकोमल फूलदार क्रेपें और बादलों की तरह उड़ते हुए दुपट्टे। लेकिन रामू की पत्नी या उसकी बेटी के लिए एक भी कपड़ा ऐसा नहीं था। शाम को जब हम यमुना से लौटते तो प्रतिदिन सड़क के किनारे एक नए बने हुए सिनेमा के बाहर दर्शकों की भीड़ देखते, लेकिन रामू केवल सिनेमा के सुन्दर विज्ञापनों को देखकर और एक आह भरकर आगे बढ़ जाता। उसका जी तो चाहता था कि प्रतिदिन सिनेमा देखे और उसके साथ दूसरे धोबियों का भी यही जी चाहता था, लेकिन जब वे अपनी जेब में इतने पैसे देखते कि या तो टिकट आ जाए या आटा, तो विवश होकर आटा ले आते। कभी-कभी कोई मनचला आटा छोड़कर सिनेमा का टिकट खरीद लेता तो उस दिन घर में बड़ा हंगामा होता था। एक बार रामू ने भी ऐसा ही किया था। उस दिन न केवल उसने ताड़ी पी बल्कि सिनेमा का टिकट भी खरीद लिया था और मुझे अपने एक मित्र तांगेवाले के हवाले करके भीतर चला गया था।

सिनेमा हाल के बाहर तीन-चार तांगे खड़े थे, जिसके घोड़े हिनहिनाकर और जमीन पर सुम मारकर एक-दूसरे से बातचीत कर रहे थे। एक घोड़ा, जिसका रंग मुश्की था और माथा सफेद और जो किसी प्राइवेट तांगे का घोड़ा था और इसलिए ज़रा अभिमानी दिखाई देता था, दूसरे तांगे के घोड़े से कह रहा था, "मेरा मालिक मार-धाड़ की फिल्में बहुत पसन्द करता है। ऐसी फिल्म देखकर जब बाहर निकलता है, तो खूब ज़ोरों से तांगा चलाने लगता है। मुझे याद है, एक बार सिनेमा से वापस आते हुए उसने भरे बाज़ार में मुझे सरपट दौड़ाना शुरू कर दिया था, जैसा कि उसने फिल्म में देखा था। कई आदमी घायल हो गए थे और एक बच्चा तो हस्पताल में मर भी गया था। लेकिन मेरा मालिक बहुत अमीर है। किसी न किसी तरह उसने साबित कर दिया कि वह शराब के नशे में धुत था इसलिए केवल जुरमाना देकर छूट गया।"

दूसरा घोड़ा बोला, "मेरे तांगे पर जो दो औरतें आई हैं, वे केवल यह देखने आई हैं कि मधुबाला ने कौन-से फैशन के कपड़े पहने हैं। बल्कि एक औरत

ने तो अपने बटुए में से पेंसिल और कागज़ निकालकर दूसरी औरत को दिखाया कि वह किस तरह हाल के अन्दर बैठे-बैठे मधुबाला के नए पहनावे का नमूना उतारेगी।"

तीसरा घोड़ा बोला, "मेरा मालिक बड़ा इज्ज़तदार है। वह यहां हफ्ते में एक दिन अपनी प्रेमिका को, जो एक गरीब कपड़ा रंगनेवाले की बीवी है, सिनेमा दिखाने लाता है। वह अगर चाहे तो उसे नई दिल्ली के अच्छे से अच्छे सिनेमा में ले जा सकता है, मगर उसे अपनी इज्ज़त का बहुत खयाल है।" मैंने झिझककर (क्योंकि वे बड़ी ऊंची जाति के घोड़े थे) मगर ज़रा साहस करके उन घोड़ों की बातचीत में भाग लेते हुए पूछ ही लिया, "क्यों जी, यह सिनेमा क्या होता है?"

मेरा प्रश्न सुनकर उन तीनों घोड़ों ने बड़ी घृणा से मेरी ओर देखा, जैसे कहना चाहते हों—'गधा ही है न आखिर !' इसके दूसरे ही क्षण वे तीनों हिनहिनाकर हंस पड़े और मेरे प्रश्न का उत्तर दिए बिना फिर अपनी बातों में लीन हो गए।

मुश्की घोड़े ने घंटी की आवाज़ सुनकर कहा, "इण्टरवल हो रहा है शायद।"

जब सिनेमा समाप्त हो गया तो रामू धोबी ताड़ी के नशे में बेसुध मेरी पीठ पर लदा हुआ उसी नई फिल्म के गीत गाता हुआ, जो अभी-अभी उसने देखी थी, घर की ओर चला। इससे पहले मुझे घर का रास्ता बताता था, आज मुझे बताना पड़ा। कई बार तो रामू गिरते-गिरते बचा। आखिर किसी-न-किसी प्रकार मैं उसे संभालकर घर ले गया, जहां उसकी यह हालत देखकर उसकी पत्नी ने उसकी खूब-खूब मरम्मत की, क्योंकि रामू की फिजूलखर्ची के कारण आज घर में चूल्हा नहीं सुलगा था और बच्चे भूख से बिलख-बिलखकर सो गए थे। पति-पत्नी में खूब-खूब लड़ाई हुई।

पत्नी कह रही थी, "तुमने ताड़ी क्यों पी ? सिनेमा क्यों देखा ? जानते नहीं थे, यह सब कुछ करोगे तो घर में चूल्हा नहीं जलेगा ?" और रामू हाथ हिला-हिलाकर, सिर झुका-झुकाकर कह रहा था, "खूब जानता था, मगर मज़बूर था। दिमाग में हर रोज़ कपड़े इस तरह छुआ-छू करते हैं कि मालूम होता है, दिमाग इनके शोर से फट जाएगा। ऐसे वक्त में ताड़ी पीने को जी चाहता है, ताकि यह शोर सुनाई न दे। सिनेमा क्या हर रोज़ देखता हूं ? कसम ले लो, आज छह महीने के बाद गया हूं—बिलकुल मजबूर होकर। जी चाहता था। इस गंदी गली की गंदी मोरियों की बू सूंघते-सूंघते परेशान हो गया इसलिए वहां चला गया। क्या बुरा किया ? वहां एक सुन्दर घर देखा। सुन्दर कपड़े, सुन्दर नाच, साफ-सुथरे बच्चे। औरतें ऐसी जो हमारे मोहल्ले में तो नज़र ही नहीं आतीं।"

रामू की पत्नी ने उसे ज़ोर से एक धप जमाई, "मुआ ! घर-भर को भूखा रखकर तमाशा देखता है।"

रामू ने कहा, "मैं भी तो भूखा रहा हूं। सच कहता हूं, पेट की भूख बुरी

बला है। लेकिन कभी-कभी कोई दूसरी भूख भी ऐसी जाग पड़ती है कि रहा नहीं जाता। क्या हुआ जो धोबी हूं। आखिर हूं इन्सान ही। पेट की भूख के सिवा और भी भूख लगती है, ऐसी कि मन भीतर ही भीतर भट्ठी की तरह सुलगने लगता है।''

उस रात मुझे घास नहीं मिली। मगर मैं स्वयं भूखा रहकर भी सोचने लगा कि रामू ठीक कहता है। रामू कोई मेरी तरह गधा तो है नहीं, जिसे केवल कपड़े ढोने और दो वक्त के चारे ही से काम हो। रामू आखिर एक इन्सान है, जिसे पेट की भूख के अतिरिक्त और भी कई प्रकार की भूखों से वास्ता पड़ता है। अच्छे घर की भूख, अच्छे कपड़े की भूख, सुन्दर आकृति देखने की भूख, सुन्दर क्षितिज देखने की भूख। कई बार यमुना के किनारे घास चरते-चरते मैंने यमुना के पानी में सूरज के सोने को घुलते हुए देखा है और उसके असीम सौन्दर्य से उन्मत्त भी हुआ हूं, लेकिन मैंने यह भी देखा है कि ठीक उसी समय बेचारा रामू गरदन झुकाए कमर तक पानी में डूबा हुआ उस क्षितिज के सौन्दर्य से विमुख हो कपड़ों को बराबर कूट रहा है और उसे बिलकुल मालूम नहीं कि उसके आस-पास सौन्दर्य का कितना बड़ा भंडार लुटा जा रहा है। मैं एक गधा होकर इस सौन्दर्य से प्रभावित हो सकता हूं, लेकिन रामू एक मनुष्य होकर भी इस से आनन्दित नहीं हो सकता। आश्चर्य है, इस जीवन में, समाज में, आज भी लाखों-करोड़ों मनुष्यों के जीवन गधों से भी तुच्छ हैं।

उस रात मुझे स्वयं भूखा रहकर इस प्रकार के बहुत-से ख्याल आए, लेकिन इसके बाद बहुत दिनों तक वहां टिकने को न मिला। ऐसा नहीं कि मैंने जान-बूझकर वहां से भाग आने का प्रयत्न किया हो, हालांकि वहां मुझे बहुत कष्ट था--एक तो समाचार-पत्र पढ़ने को नहीं मिलता था; कई दिनों से किसी पुस्तक की शक्ल तक नहीं देखी थी। यमुना पार आमतौर पर जिन लोगों से वास्ता पड़ता था, वे स्वयं इतने निर्धन थे कि पुस्तक नहीं खरीद सकते थे। बहुत-से लोग मूढ़ और अनपढ़ थे। यहां प्रायः गाली-गलौज, झगड़ा आदि होता रहता था। धोबियों के मोहल्ले में, जहां मैं रहता था, प्रतिदिन किसी न किसी बात पर लड़ाई होती थी। क्रोध धोबी के गधे पर निकलता था या फिर अपने बीवी-बच्चों पर। दोष किसका होता था ? शायद उन परिस्थितियों का, जिन्होंने अच्छे-भले मनुष्य को पशु बना दिया था। अब आप परिस्थितियों को डंडे से तो नहीं पीट सकते। यह हिंसा होगी। तो चलिए, घर के गधे को ही पीट लीजिए। कानून आपको इसकी आज्ञा देता है। रामू के यहां, प्रत्यक्ष है, मुझ जैसे पढ़े-लिखे को बहुत-से कष्ट झेलने पड़े। फिर भी मैंने उसका साथ नहीं छोड़ा, क्योंकि रामू एक दयानतदार धोबी था। वह अपने कपड़ों पर बड़ी मेहनत करता था। सुबह से शाम तक अपना घर चलाने के लिए हर संभव प्रयत्न करता था। ऐसे व्यक्ति का साथ छोड़ने को

जी नहीं चाहता था, मगर करनी भगवान की यह हुई कि एक दिन रामू जब जमुना में कपड़े धो रहा था, एक मगरमच्छ ने उसकी टांग खींच ली। रामू ने अपने-आपको छुड़ाने की बहुत कोशिश की। दोपहर का समय था। पुल के ऊपर से सैकड़ों मुसाफिर गुज़र रहे थे। एक रेलगाड़ी गुज़र रही थी। पुलिस के संतरी भी पुल के नाके पर खड़े थे। रामू ने बहुतेरा शोर मचाया, मगर मगरमच्छ ने एक न सुनी। वह रामू को घसीटकर गहरे पानी में ले गया।

रामू के ग्राहकों को रामू के मरने का अफसोस तो ज़रूर हुआ, लेकिन कपड़ों के खो जाने का उससे भी अधिक हुआ, क्योंकि रामू और मगरमच्छ की लड़ाई में बहुत-से कपड़े नदी में बह गए। कई एक ग्राहकों ने तो रस्मी अफसोस के तुरन्त बाद रामू की पत्नी से कपड़ों के लिए तकरार शुरू कर दी, "रामू बहुत अच्छा धोबी था, मगर हमारी 'शफ़ान' की साड़ी कौन-सी बुरी थी ? और वह नई साटन की शलवार, जो अभी-अभी गुलज़ार टेलर मास्टर से सिलवाई थी, कहां है वह ? ज़रा वह मैले कपड़ों की गठरी तो खोलो।"

मुझे उन लोगों की यह हालत देखकर बहुत दुःख हुआ। हम गधों में भी यदि कोई मर जाता है तो हम उसके बीवी-बच्चों से ऐसा व्यवहार नहीं करते। लेकिन शायद इसका कारण यह हो कि मनुष्य मनुष्य है !

कुछ दिनों में ही रामू की पत्नी और उसके तीन बच्चों की हालत बिगड़ गई। उनके घर में खाने को कुछ नहीं था। फाके पर फाके लग रहे थे। धोबी मोहल्ले के सरपंच ने, जो एक समय से रामू की नौजवान पत्नी पर आंख रखता था, थोड़ा-सा आटा और दाल रामू के घर भिजवा दिया और शाम को स्वयं भी ताड़ी पीकर चला आया और रामू की पत्नी से कहने लगा कि वह उसके घर चली चले।

रामू की पत्नी ने उसे खूब फटकारा, गालियां देकर घर से बाहर निकाल दिया और सिर पकड़कर रोने लगी। मैंने उसे दिलासा देते हुए कहा, "मालकिन! घबराती क्यों हो ? सब ठीक हो जाएगा।"

रामू की पत्नी ने जब मुझे बोलते हुए सुना तो पहले तो उसे विश्वास न आया, पर जब मैंने वही बात दोबारा कही तो आश्चर्य से उसकी आंखें फटी की फटी रह गईं, क्योंकि नई दिल्ली से आने के बाद अब तक मैंने किसी मनुष्य से उसकी बोली में बात नहीं की थी और रामू के यहां तो इस प्रकार की बातचीत का प्रश्न ही पैदा न हो सकता था। लेकिन अब जब रामू की पत्नी ने मुझे मनुष्यों की तरह बात करते सुना तो बिलकुल घबरा गई। आखिर बड़ी मुश्किल से मैंने किसी न किसी प्रकार उसे समझाया कि इसमें कोई विशेष बात नहीं है। यह कोई चमत्कार नहीं है; विशेष परिस्थितियां थीं, जिनमें मैंने मनुष्यों की बोली सीख ली।

मैंने रामू की पत्नी से कहा, "मालकिन ! बेशक मैं गधा हूं, लेकिन इतने दिनों तक तुम्हारे घर का नमक खाया है। अब तुम चिन्ता न करो। तुम घर में इन तीनों बच्चों को लेकर बैठो। मैं बाहर जाता हूं और देखता हूं, क्या हो सकता है।"

"अब क्या हो सकता है ?" रामू की पत्नी ने कहा, "कोई हमारी मदद नहीं करेगा। हम गरीब आदमी हैं।"

"गरीब हैं तो क्या हुआ", मैंने किंचित् गौरव से कहा, "अब राज्य हमारा है। जीवन हमारा है। समाज हमारा है। अब हम स्वतंत्र हैं; जो चाहें कर सकते हैं। तुम चिन्ता न करो। अवश्य ही कुछ न कुछ हो जाएगा। मैं आज ही तुम्हारी सहायता के लिए म्युनिसिपल कमेटी में प्रार्थनापत्र लेकर जाता हूं।"

कृष्णनगर की म्युनिसिपल कमेटी का मुहर्रिर अपने एक मित्र और हेडक्लर्क के साथ मेज़ पर रजिस्टर रखे और रजिस्टर पर ताश के पत्ते फैलाए विचित्र प्रकार के मूड में बैठा था। मैं धीरे से उसके पीछे जा खड़ा हुआ और धीमे से बोला, "हुजूर, बड़ी मुसीबत है।"

वे लोग ताश खेलने में इतने मग्न थे कि उन्होंने सब सुनी-अनसुनी कर दी। केवल मुहर्रिर ने, शायद यह समझकर कि मैं उसका कोई मित्र हूं, जो उसके पीछे खड़ा खेल देख-देखकर सहानुभूति प्रकट कर रहा हूं, मेरी ओर देखे बिना कहा, "हां भाई, देखो ना, अजीब मुसीबत है; कोई चाल समझ में नहीं आती। अगर यह (अपने पत्ते की ओर संकेत करके) फेंकता हूं, तो रंग से कट जाएगा और यह (दूसरा पत्ता दिखाकर) चलता हूं तो इससे बड़ा पत्ता अभी तक नहीं निकला और अगर यह (तीसरा पत्ता दिखाकर) चलता हूं...."

मैंने बात काटकर कहा, "रामू धोबी मर गया।"

"मरने दो यार", मुहर्रिर ने क्रोध से चिल्लाकर कहा, "यहां अपना हुक्म का बादशाह मरा जा रहा है, तुम धोबी को चीख रहे हो।" फिर एकाएक वह मेरी ओर मुड़ा और जब अपने पीछे किसी मनुष्य की बजाय एक गधे को खड़ा पाया तो एकदम लाल-पीला होकर चपरासी से बोला, "अब क्या गधे भी हमारे दफ्तर में घुसने लगे ! निकालो इस कमबख्त को बाहर !"

चपरासी ने डंडा मारकर मुझे वहां से निकाल दिया। वे लोग फिर ताश खेलने लगे। मैं फिर थोड़ी देर के बाद म्युनिसिपल कमेटी के मुहर्रिर के पास जा खड़ा हुआ। धीरे से दोनों लम्बे कान जोड़कर उसे नमस्ते की और बड़े दुःख-भरे स्वर में कहा, "हुजूर, वह रामू धोबी..."

मुहर्रिर ने मुड़कर मुझे देखा। वह कुछ ऐसा बदमाश आदमी था कि बोलते गधे से भी प्रभावित न हुआ। ऐसा मालूम होता था, जैसे जीवनभर बोलते गधों ही से उसका पाला पड़ता रहा है। उसने मेरी ओर देखकर बड़े रोबीले स्वर

में कहा, ''जल्दी बोलो, क्या काम है ?''

''निवेदन यह है, माई-बाप, कि सेवक रामू धोबी का गधा है। रामू धोबी तीन दिन हुए यमुना घाट पर कपड़े धोते-धोते एक मगरमच्छ के हमले का शिकार हो गया। उसकी बीवी और बच्चे भूखे हैं।''

''तो मैं क्या कर सकता हूं'', मुहर्रिर ने चिल्लाकर कहा, ''मैंने कोई अनाथालय नहीं खोल रखा !''

मैंने कहा, ''हुज़ूर, आप घाट पर धोबियों से टैक्स लेते हैं। पुल पर से जब कोई गधा या बैल या कोई और जानवर सामान उठाए गुज़रता है, तो आप उससे चुंगी लेते हैं। आप इतने सारे महसूल और कस्टम वसूल करते हैं और एक गरीब धोबी के भूखे बीवी-बच्चों के लिए कोई प्रबन्ध नहीं कर सकते ?''

''क्यों प्रबन्ध करें ? धोबी को मगरमच्छ ने मारा है, हमने नहीं मारा।''

''वाह ! यह भी खूब रही। और वह जो आप घाट पर टैक्स वसूल करते हैं, वह किसलिए ? घाट-टैक्स आप वसूल करें और फिर अगर उसी घाट पर कोई धोबी किसी मगरमच्छ का शिकार हो जाए, तो उसका ज़िम्मेदार कौन होगा? हम कहां जाकर हरजाना वसूल करेंगे, क्योंकि अगर म्युनिसिपल कमेटी घाट का टैक्स लेती है तो मगरमच्छ से बचाव का प्रबन्ध भी उसी को करना पड़ेगा।''

मुहर्रिर बड़ा चालाक था। बोला, ''धोबियों को चाहिए कि दरिया में रहकर मगरमच्छ से बैर मोल न लें, वरना उनका वही हाल होगा जो रामू धोबी का हुआ।''

मैंने कहा, ''आप बात को उड़ाइए नहीं। साफ-साफ बताइए, आप क्या कर सकते हैं इस मामले में।''

मुहर्रिर ने देखा, मैं किसी तरह उसका पीछा छोड़ने को तैयार नहीं तो उसने ज़रा नर्म होकर कहा, ''भाई, जहां यह घटना हुई है, वह इलाका हमारे इलाके में नहीं है। यमुना का घाट तो दिल्ली म्युनिसिपल कमेटी के पास है। दिल्ली शहर के टाउन हाल में जाओ—चलो भई पत्ता।''

वे लोग ताश खेलने में लीन हो गए और मैंने यमुना पार जाने की ठान ली।

पुल पार करते समय संतरी ने मुझे रोका, बोला, ''ओ आवारागर्द गधे ! किधर जाता है ?''

''टाउन हाल !'' मैंने खट से उत्तर दिया।

''तेरा मालिक कहां है ?'' संतरी ने मुझे घूरकर पूछा।

मैंने कहा, ''मेरा मालिक कोई नहीं है। आज से मैं आज़ाद हूं।''

संतरी बोला, ''यह कैसे हो सकता है ? आज़ादी का मतलब यह थोड़े ही है कि मिलकियत भी खत्म हो गई। तेरा कोई न कोई मालिक ज़रूर होगा, जिसका तू हुक्म मानता है।''

मैंने पूछा, ''अच्छा, बता तेरा मालिक कौन है, जिसका तू हुक्म मानता है?''

"हेड कान्स्टेबल !"

"और हेड कान्स्टेबल का मालिक कौन है ?"

"इन्सपेक्टर", संतरी ने बिगड़कर कहा, "और कौन हो सकता है ? इन्स्पेक्टर से ऊपर डी. एस. पी, डी. एस. पी. से ऊपर सुपरिंटेंडेंट पुलिस। इस तरह यह सिलसिला वज़ीर तक जाता है।"

"वज़ीर का मालिक कौन है ?"

"वज़ीर को स्टेट बैंक से तनख्वाह मिलती है, इसलिए स्टेट बैंक उससे बड़ा हुआ।"

"और स्टेट बैंक से बड़ा कौन है ?"

"स्टेट बैंक में रुपया होता है ना", संतरी ने क्रोध से कहा, "इतना भी नहीं समझते, स्टेट बैंक से बड़ा रुपया हुआ।"

"अच्छा तो रुपये से बड़ा कौन है ?"

"रुपये से बड़ा कौन है !" संतरी ने मेरा प्रश्न सुनकर सिर खुजाया। कुछ क्षणों तक चुप रहा, फिर मेरी ओर देखकर बोला, "रुपये से बड़ा कौन है, यह मेरी समझ में आज तक नहीं आया। तुम बता सकते हो ?" संतरी ने मुझसे कहा।

मैंने कहा, 'मैं तो एक गधा हूं। इस कठिन प्रश्न का उत्तर कैसे दे सकता हूं ? हां, अगर तुम मुझे टाउन हाल जाने दो—क्योंकि मैं रामू धोबी की विधवा पत्नी के सम्बन्ध में रुपये की सहायता के लिए वहां जा रहा हूं—वहां जाकर अगर मुझे पता चल गया कि रुपये से बड़ा कौन है, तो तुम्हें वापस आकर ज़रूर बता दूंगा।"

"ज़रूर ?" संतरी ने बड़ी अधीरता से पूछा।

"ज़रूर", मैंने वायदा करते हुए कहा, "मगर तुम इतने बेचैन क्यों नज़र आते हो ?"

संतरी ने कहा, "क्योंकि अगर मुझे पता चल जाए कि रुपये से बड़ा कौन है, तो मैं उसके यहां नौकरी कर लूंगा।"

"आदमी होशियार मालूम होते हो", मैंने संतरी की प्रशंसा करते हुए कहा और लम्बे-लम्बे डग भरता हुआ यमुना के इस पार आ रहा। घण्टों भटकने के बाद आखिर टाउन हाल मिल ही गया। टाउन हाल के भीतर घुसते ही मैंने सोचा कि अब के किसी छोटे-मोटे मुहर्रिर या क्लर्क से बातचीत करने में समय नष्ट नहीं करूंगा। सीधे चलकर कमेटी के चेयरमैन से मिल लेना चाहिए। और अब के रौब डालने के लिए अंग्रेज़ी में बात करना ठीक रहेगा। यह सोचकर मैं सीधे इन्क्वायरी में घुस गया और क्लर्क से बड़ी मंजी हुई अंग्रेज़ी में बात करते हुए पूछा, "चेयरमैन साहब का दफ्तर किधर है ?"

इन्क्वायरी क्लर्क एक गधे को अंग्रेज़ी बोलते देखकर भौंचक्का रह गया। तुरन्त अपनी सीट पर से उठ खड़ा हुआ और बड़े सभ्य स्वर से बोला, "हुज़ूर! पन्द्रह नम्बर का कमरा है। ऊपर लिफ्ट से चले जाइए।" उसने एक चपरासी मेरे साथ कर दिया। चपरासी ने आश्चर्य से मेरी ओर देखा तो सही, मगर चुप रहा। चपरासी ने मुझे लिफ्टमैन के हवाले किया। लिफ्टमैन ने बड़ी शिष्टतापूर्वक लिफ्ट का दरवाज़ा खोला। मैंने लिफ्ट में प्रवेश करते हुए देखा, लिफ्ट के भीतर लिखा था, 'छह व्यक्तियों के लिए', लेकिन उस समय मैं अकेला ही उसमें सफर कर रहा था। लिफ्टमैन ने बाकी आदमियों को बाहर ही रोक दिया था। जीवन में पहली बार मुझे अनुभव हुआ कि एक गधा बराबर है छह आदमियों के। लिफ्टमैन ने ऊपर जाकर लिफ्ट रोकी। मैं सीधा दुलकी चलता हुआ चेयरमैन के दफ्तर के बाहर पहुंच गया और बाहर बैठे चपरासी से बड़े रौबीले स्वर में बोला, "साहब से कहो, मिस्टर डंकी आफ बाराबंकी पधारे हैं।"

4

- *मुलाकात करना गधे का दिल्ली म्युनिसिपल कमेटी के चेयरमैन से, क्रुद्ध होना चेयरमैन का और बुलाया जाना फायर ब्रिगेड इंजन का*

चपरासी का संकेत पाते ही मैं कमरे के भीतर चला गया और ज़ोर से 'गुडमार्निंग' झाड़ दी। मुझे भय था कि यदि हिन्दुस्तानी भाषा में बातचीत की तो बिलकुल गधा समझा जाऊंगा। दिल्ली के दफ्तरों के संक्षिप्त अनुभव से मैं जान गया था कि अंग्रेज़ों के चले जाने के बाद भी यहां अंग्रेज़ी भाषा का राज्य है। आप जब तक उर्दू या हिन्दी में बातचीत करते रहेंगे, दफ्तरी लोग ध्यान नहीं देंगे, लेकिन ज्यों ही अंग्रेज़ी में दांत दिखाएंगे, त्यों ही पलटकर आपकी बात सुनेंगे, जैसे आप सीधे उनके ननिहाल से चले आ रहे हों। और बात सुनते समय ऐसी मोहिनी मुस्कराहट उनके चेहरे पर होगी, जैसे काम आपको नहीं, उन्हें आपसे है।

चेयरमैन साहब का रंग सांवला, कद नाटा और चेहरा बड़ा गंभीर था। उनकी आंखों से ऐसी चालाकी और दूरदर्शिता टपकती थी जो कम से कम पांच-छः एलेक्शन लड़ने के बाद ही आंखों में आ सकती है। आदमी बड़े घाघ थे, इसलिए एक गधे को कमरे में आते देखकर केवल क्षण-भर के लिए चौंके, फिर तुरन्त संभल गए और इस प्रकार बातचीत करने लगे, जैसे आयु-भर अंग्रेज़ी बोलने वाले गधों ही से उन्हें काम पड़ता रहा हो।

"तशरीफ रखिए", उन्होंने मुस्कराकर कहा।

मैंने कहा, "अगर मैं तशरीफ रखूंगा, तो आपकी यह आरामकुर्सी टूट जाएगी, इसलिए खड़ा ही रहूंगा।"

चेयरमैन साहब मुस्कराए क्योंकि मैंने ठीक बात कही थी। क्षण-भर के बाद फिर बोले, "आपको यह स्वांग भरने की क्या ज़रूरत थी ! आप सीधे-सादे कपड़ों में भी मेरे पास आ सकते थे।"

मैंने कहा, "हुज़ूर, यह स्वांग नहीं वास्तविकता है।"

"खैर, अपना-अपना शौक है", चेयरमैन ने किंचित् क्रुद्ध होकर कहा, "मैं कौन होता हूं बोलनेवाला ! और जब से यहां दिल्ली में एक महाशय ने दिन में लालटेन और घंटी लेकर इलेक्शन लड़ा है, मैंने हर प्रकार कर आक्षेप करना छोड़ दिया है। आप भी चाहें तो गधे का स्वरूप धरकर इलेक्शन लड़ सकते हैं। अगर इस तरह आपको अधिक वोट मिलते हैं तो क्या हानि है ?"

मैंने कहा, "हुज़ूर ! मैं कोई बहुरूपिया नहीं हूं। सचमुच एक गधा हूं। मेरी बात का विश्वास कीजिए।"

चेयरमैन साहब को अब भी विश्वास नहीं आया। बोले, "छोड़िए इन बातों को। मैं आज तक छह एलेक्शन लड़ चुका हूं और कभी हार नहीं खाई। मैं सब जानता हूं। खैर, आप बताइए, आप कौन-से वार्ड से आए हैं ?"

"जी, अभी तो कृष्णनगर घाट से आ रहा हूं।"

"तुम", चेयरमैन ने सिर हिलाकर कहा और अपनी चंदिया के गिर्द सफेद बालों पर इस तरह हाथ फेरा, जिस तरह फिल्म 'गृहस्थी' में दुखिया बाप किसी विपत्ति में घिर जाने पर फेरता है, "तो आप कृष्णनगर वार्ड से खड़े हुए हैं ? अच्छा बताइए, कौन-सी पार्टी ने आपको खड़ा किया है, कांग्रेस ने, जनसंघ ने, प्रजासोशलिस्ट पार्टी ने, कम्युनिस्टों ने; मेरा मतलब यह है कि आप किस पार्टी के उम्मीदवार हैं ?"

मैंने कहा, "जी, मैं तो आपकी कृपा-दृष्टि का उम्मीदवार हूं।"

चेयरमैन साहब मुस्कराए। समझ गए किसी बहुत चालाक आदमी से पाला पड़ा है। बोले, "अब आप बनिए नहीं। साफ-साफ बताइए, क्या काम है ? अगर मुझसे कुछ हो सका, तो ज़रूर करूंगा। मगर एक शर्त है, अगर आप इलेक्शन जीत गए तो चाय की पार्टी..."

"देखिए..." मैंने टोकना चाहा, लेकिन वे बोलते ही चले गए, "चाहे किसी पार्टी की ओर से जीतें, चेयरमैन के पद के लिए वोट मुझी को देना होगा। लाइए हाथ, लाला संतराम जी !" उन्होंने हाथ मांगा। मैंने अपना कान आगे बढ़ाया। चेयरमैन साहब ने जो ज़ोर से मेरा कान दबाया तो उन्हें मालूम हुआ कि यह तो सचमुच गधे का कान है, किसी बहुरूपिये का लिबास नहीं है। बहुत घबराए। सिगार उनके मुंह से छूटकर मेज़ पर रखे कागज़ों में जा गिरा। दूसरे ही क्षण

कागज़ों में आग लग गई।

"देखिए", मैंने क्षमा-याचना करते हुए कहा, "मैं तो कब से कह रहा हूं, मैं एक गधा हूं। मगर आप मेरी सुनते ही नहीं।"

चेयरमैन ने आग बुझाते हुए क्रोधावेश में कहा, "मैंने आपको लाला संतराम समझा था। कृष्णनगर का कांग्रेसी उम्मीदवार।"

मैंने पूछा, "क्या मैं आपको लाला संतराम दिखाई देता हूं ?"

वह बोले, "कुछ लोग बाहर से गधे दिखाई देते हैं, कुछ लोग भीतर से गधे होते हैं। मैंने समझा, संभव है आप भीतर-बाहर दोनों ओर से गधे हों तो मुझे अपनी चेयरमैनशिप के लिए बहुत जल्दी वोट मिल जाएगा। लेकिन ओह! तुमने मेरा कितना समय नष्ट किया है।"

मैंने कहा, "आपने मेरी बात तो सुनी नहीं। मैं तो यहां रामू धोबी के गरीब बीवी-बच्चों..."

चेयरमैन ने घंटी बजाते हुए कहा, "इस समय तुम मुझसे कोई बात न करो, चाहे दिल्ली के सारे धोबी मर जाएं। देखते नहीं हो, कैसी आग लगी है !"

आग सचमुच भड़क रही थी। चेयरमैन ने घंटी बजाई। जल्दी से फायर ब्रिगेड वालों को टेलीफोन करवाया। मैंने भी कमरे से बाहर निकलकर बरामदे में खड़े होकर हांक लगाई। थोड़े समय के बाद ही टन-टन की आवाज़ों के साथ फायर ब्रिगेड के दो इंजन आ पहुंचे। उन लोगों ने सबसे पहले तो मुझे वहां से लात मारकर निकाला, फिर आग बुझाने लगे। मैंने सोचा, यहां रहूंगा तो संभव है, आग लगाने के अपराध में गिरफ्तार कर लिया जाऊं। तुरंत वहां से सरपट भागा और सीढ़ियों के नीचे आकर ही दम लिया, क्योंकि अब लिफ्ट काम नहीं करती थी। नीचे आकर इन्क्वायरी में एक बूढ़े परंतु अत्यंत हितैषी क्लर्क से जान-पहचान हुई। उसे रामू की पूरी कथा सुनाई। बूढ़े क्लर्क की आंखों में आंसू आ गए। उसने अत्याचारी समाज, क्रूर जीवन व्यवस्था और पूंजीवाद को लाखों गालियां सुनाने के बाद धीमे से मेरे कान में कहा, "अगर तुम दो रुपये मुझे दो तो मैं तुम्हारा प्रार्थना-पत्र लिखकर पुनर्वास विभाग के दफ्तर में सहायता के लिए भिजवाए देता हूं।"

मैंने कहा, "मैं तो धोबी का गधा हूं। न घर का घाट का। मेरे पास दो रुपये कहां ! और फिर तुम जानते हो, दो रुपये में दो मन घास आती है, छह सेर बाजरा, तीन सेर चावल।"

"लेकिन दमे का एक ही इंजेक्शन आता है।" क्लर्क ने बड़ी उदासीनता से खांसते हुए कहा, "और मुझे दमे का रोग है। हर रोज़ एक इंजेक्शन लेना पड़ता है।"

बूढ़ा क्लर्क उदासीनतापूर्वक खांसता रहा और मैं वहां से सटक आया।

5

❑ *निराश होकर लौटना गधे का म्युनिसिपल कमेटी से जाना पुनर्वास विभाग के दफ्तर में और मुलाकात करना एक अलौकिक सुन्दरी से*

पूछते-पूछते आखिर मैं पुनर्वास विभाग के दफ्तर में पहुंच ही गया। दफ्तर में घुसते ही एक बहुत बड़ा सजा हुआ कमरा नज़र आया, जिसके बीचोंबीच एक बहुत बड़ी तिपाई पर बड़े गुलदान में सुन्दर फूल खिले हुए थे। एक कोने में टेलीफोन एक्सटेंशन लगा था, जिसके पास एक अत्यन्त सुन्दर लड़की अपने नाखून रंगने में लीन थी। टेलीफोन एक्सटेंशन की मेज़ पर लिपस्टिक और क्रीम-पाउडर की डिबियां इस प्रकार बिखरी पड़ी थीं कि मैंने सोचा, मैं गलती से पुनर्वास विभाग के दफ्तर में आने की बजाय मैक्सफैक्टर की दुकान में घुस आया हूं। अतएव क्षमा मांगकर मैं वापस लौटने ही को था कि लड़की ने अपनी बड़ी-बड़ी पलकें उठाकर बड़ी प्यारी नज़रों से मेरी ओर देखते हुए कहा, "यस प्लीज़ ?"

मैंने झिझकते हुए कहा, "मैं सहायता के लिए आया हूं।"

लड़की ने स्विच दबाया। टेलीफोन पर बोली, "रामलुभाया ! एक आदमी तुमसे मिलने आया है।"

टेलीफ़ोन बिगड़ा हुआ था या जाने क्या बात थी, जो कुछ भी हो सुननेवाले और सुनानेवाले दोनों की आवाज़ें टेलीफोन पर स्पष्ट सुनाई दे रही थीं। जब लड़की ने रामलुभाया से कहा कि एक आदमी तुमसे मिलना चाहता है, तो उधर से आवाज़ आई, "मैं इस समय लस्सी पी रहा हूं, उसे फर्स्ट क्लर्क के पास भेज दो।"

लड़की ने अपने होंठों पर लिपस्टिक लगाई और फर्स्ट क्लर्क को टेलीफोन किया।

"कौन ?" उधर से आवाज़ आई।

"मैं हूं—निर्मला।"

"हाय मेरी जान !" फर्स्ट क्लर्क ने उधर से भैंस की तरह आह भरी।

"सुनो !" निर्मला बोली, "एक बेचारा गरीब..."

फर्स्ट क्लर्क ने कहा, "यहां सभी गरीब आते हैं। तुम सुनाओ तुम्हारी आवाज़ इतनी प्यारी क्यों है ? जी चाहता है, सुनता ही चला जाऊं। निर्मल !! निम्मी!!! आज शाम को सिनेमा..."

लड़की ने टेलीफोन बंद कर दिया। उसके बाद उसने अपने गालों पर गाज़ा लगाया और अबके डिप्टी सुपरिंटेंडेंट को टेलीफोन किया। डिप्टी सुपरिंटेंडेंट ने कहा, "नहीं, मिस निर्मला ! इस समय मेरे पास कोहाट के शरणार्थी सरदार दरबार

सिंह मिलेट्री कान्ट्रैक्टर बैठे हैं। बेचारों का सब कुछ लुट गया है। इस समय इनके एक लाख के क्लेम की पड़ताल कर रहा हूं। उन्हें आगे किसी दूसरे के पास भेज दो। मैं तो इस समय बहुत मसरूफ हूं।''

''बहुत अच्छा'', कहकर लड़की स्विच गिराने वाली थी कि उधर से आवाज़ आई :

''हैलो निर्मला !''

''जी !''

''भाई, वह साड़ी तुम्हें पसन्द आई ?'' डिप्टी सुपरिंटेंडेंट पूछ रहा था।

''जी, वही पहने हुए हूं !'' निर्मला ज़रा शोखी से बोली और स्विच गिरा दिया। उसके बाद आइने में उसने अपना मुंह देखा, मुस्कराई, चेहरे पर पाउडर लगाया और स्विच दबाकर सुपरिंटेंडेंट को टेलीफोन किया :

''जी देखिए'', लड़की बोली।

उधर से आवाज़ आई, 'हाय, किस तरह देखूं तुमको ! टेलीफोन पर तुमको कैसे देखूं, यहां आ जाओ ना !''

निर्मला खिलखिलाकर हंस पड़ी ! बोली, ''एक गरीब आदमी सहायता के लिए...''

''अरे, हम भी तो किसी की सहायता के पात्र हैं।'' सुपरिंटेंडेंट उधर से इन्द्रसभा के स्टाइल में बोला।

निर्मला ने जरा बनकर और तनकर कहा, ''देखिए, यह दफ्तर का समय है और...''

''तुमने खूब याद दिलाया'', सुपरिंटेंडेंट उधर से बोला, ''अभी-अभी दफ्तर में हुक्म आया है कि दफ्तरों में काम करने वाली औरतें अगर शादी करेंगी तो उन्हें किसी समय भी नौकरी से अलग किया जा सकता है। बोलो, अब क्या कहती हो ?''

निर्मला बोली, ''मैंने शादी का इरादा छोड़ दिया है।''

उधर से सुपरिंटेंडेंट ने संतोष की सांस ली। बोला, ''वह फिलिप्स का रेडियो सेट...''

''जी धन्यवाद ! मिल गया। मगर आप दो मिनट के लिए इस गरीब से बात तो कर लीजिए।''

''कौन है ?''

''एक गधा।''

सुपरिंटेंडेंट ने एक ज़ोर का कहकहा लगाया, ''तुम भी खूब मज़ाक करती हो। खैर, भेज दो इसे भीतर। अगर गधा न भी हुआ तो भी उसके दोनों कान खींचकर उसे गधा बना दूंगा।''

"जाइए", लड़की ने एक नाखून मुंह में दबाते हुए मेरी ओर बड़ी चंचल नज़रों से देखते हुए कहा। कुछ इस प्रकार कि यदि गधे की बजाय मैं आदमी होता तो अवश्य ही उस पर आशिक हो जाता।

सुपरिंटेंडेंट मुझे देखकर पहले तो खूब हंसा, फिर उसने टेलीफोन उठाकर निर्मला के इस क्रियात्मक मज़ाक की प्रशंसा की। फिर वह ज़रा आगे आया और मेरा कान पकड़कर बोला, "बोलिए मिस्टर डंकी ! अब मैं क्यों न आपको लात मारकर दफ्तर से बाहर निकाल दूं ?"

मैंने कहा, "आप मुझे नहीं निकाल सकते। इसलिए कि मैं आपके पास एक प्रार्थना-पत्र लेकर आया हूं।"

सुपरिंटेंडेंट आश्चर्यवश लगभग मूर्च्छित हो गया। आखिर बड़ी कठिनाई से बोला, "फिर कहिए, फिर कहिए, आप क्या कह रहे हैं ?"

मैंने दुहराया।

आखिर बड़ी मुश्किल से यह बात उसकी समझ में आई कि मैं सचमुच बोलता हूं। कहने लगा, "आपकी वार्ता-शैली तो मुझसे भी अच्छी है।"

"इसलिए कि मैं लखनऊ के आस-पास का हूं और आप शायद पंजाब के हैं।"

"जी हां", सुपरिंटेंडेंट बोला, "मैं पिंड दादन खां का हूं।" कुछ देर चुप रहने के बाद बोला, "फरमाइए, क्या काम है ?"

"देखिए", मैंने कहा, "मैं सहायता मांगने आया हूं।"

"आप शरणार्थी हैं ?"

"नहीं तो।"

"तो फिर आप यहां क्या करने आए हैं ?" सुपरिंटेंडेंट ने ज़रा खफा होकर कहा।

"सहायता के लिए आया हूं।"

"यहां केवल शरणार्थियों की सहायता की जाती है, जो पाकिस्तान से लुट-लुटाकर आए हैं।"

"और अगर कोई हिन्दुस्तान में ही लुट जाए तो वह सहायता के लिए कहां जाए ?"

"यह तो मैं नहीं बता सकता।" सुपरिंटेंडेंट ने और भी खफा होकर कहा, "कम से कम इस विभाग में तो आप नहीं आ सकते, कोई और घर देखिए।"

सुपरिंटेंडेंट ने घंटी बजाई।

चपरासी ने मुझे बाहर निकाल दिया।

बाहर निकलते हुए फिर मुझे वही अलौकिक सुन्दरी मिल गई। मुझे निराश देखकर बोली, "क्यों, काम नहीं बना ?"

मैंने पूरी बात कह सुनाई।

बोली, "सुपरिंटेंडेंट ठीक कहता है। तुम अगर पाकिस्तान से आए होते, तो चाहे गधे ही क्यों न होते, तुम्हें यहां से सहायता मिल जाती। अब तुम्हें डिपार्टमेंट ऑफ लेबर्स एण्ड इण्डस्ट्रीज में जाना पड़ेगा।"

"कहां पर है ?"

उस अलौकिक सुन्दरी ने दयावश मुझे पूरा पता दे दिया और मैं धन्यवाद कहकर पुनर्वास-विभाग से निकला और लम्बे-लम्बे डग भरता मज़दूरों के विभाग की ओर चला गया।

6

❑ *जाना गधे का डिपार्टमेंट ऑफ लेबर्स एण्ड इण्डस्ट्रीज़ में और मुलाकात करना श्री पी. क्यू. रंगाचारी और वाई. जेड. सुब्रह्मण्यम से*

पी. क्यू. रंगाचारी तमिलनाडु का रहने वाला था, संस्कृत बनारसी पण्डितों की तरह बोलता था और अंग्रेज़ी आक्सफोर्ड के प्रोफेसरों जैसी; हिन्दी, हिन्दी-साहित्य सम्मेलन के जोशीले भाषणकर्ताओं की-सी और उर्दू मौलाना अबुलकलाम आज़ाद जैसी। वह दस भाषाएं जानता था और दस और सीख रहा था। उसने अपना जीवन एक साधारण क्लर्क के रूप में शुरू किया था। आज वह डिपार्टमेंट ऑफ लेबर एण्ड इण्डस्ट्रीज़ में डिप्टी सेक्रेट्री के पद पर विराजमान था। प्रत्येक मामले में मीन-मेख निकालने में वह ऐसा सिद्धहस्त था कि उसके शासनकाल में हर फाइल दस वर्ष तक विभिन्न दफ्तरों और मेज़ों के चक्कर लगाती थी, और जब तक उसकी तरक्की न हो जाए, फाइल भी आगे तरक्की नहीं कर सकती थी। अपने इसी कानूनी मीन-मेख के कारण वह डिप्टी सेक्रेट्री के पद पर पहुंचा था और अब ज्वायंट सेक्रेट्री बनने के स्वप्न देख रहा था—हो जाएगा। पी. क्यू. रंगाचारी जैसे व्यक्ति कभी नहीं रुक सकते। उनके दफ्तर की सारी फाइलें रुक जाएं लेकिन वे स्वयं कभी नहीं रुक सकते।

पी. क्यू. रंगाचारी ने बड़े ध्यान से और बड़े धैर्य से मेरा प्रार्थना-पत्र पढ़ा। कागज़ पर पेंसिल से कुछ लिखता रहा। आखिर जब सब सुन चुका तो उसने अपने मित्र ज्वायंट सेक्रेट्री वाई. जेड. सुब्रह्मण्यम् को बुलाया जो उसी की तरह तमिलनाडु का रहने वाला था और पच्चीस भाषाओं, दस पूंजीपतियों और दो मंत्रियों को बहुत अच्छी तरह जानता था।

पी. क्यू. रंगाचारी ने कहा, "वाई. जेड. ! सुनो, यह बड़ी कठिन समस्या

है।"

"क्या ?" वाई. जेड. सुब्रह्मण्यम् मेरी ओर बड़े ध्यान से देखते हुए बोला।

"एक धोबी मर गया है और यह उसका गधा हमसे हरजाना मांगता है।"

"फिर ?"

रंगाचारी बोला, "कानून की दृष्टि से एक गधा किसी विभाग में प्रार्थना-पत्र नहीं दे सकता और हम उसके प्रार्थना-पत्र का कोई नोटिस नहीं ले सकते, क्योंकि गधा इन्सान नहीं है। और अदालत इन्सानों की बात सुनती है, गधों की नहीं।"

मैंने कहा, "बात मेरी घास की नहीं है, आपकी बुद्धि की है। रामू की बीवी और बच्चे भूखे हैं। क्यों...? अगर सरकार उस धोबी-घाट की ठीक तरह से रक्षा

करती तो आज वह यों न मरता।''

वाई. जेड. सुब्रह्मण्यम् ने कहा, ''हां, पी. क्यू., इस बात पर विचार करो। यों सोचो कि यह प्रार्थना-पत्र, जिस पर रामू की बीवी का अंगूठा लगवाया जा सकता है, स्वीकार किया जा सकता है...फिर ?''

पी. क्यू. बोला, ''फिर दूसरी बात पर विचार करो। मान लिया कि एक गधा एक धोबी के कुटुम्ब का सरपरस्त बन सकता है। हमने बड़े-बड़े कुटुम्बों में इनसे बड़े गधों को सरपरस्त बनते देखा है। यह तो मुझे पढ़ा-लिखा गधा मालूम होता है, लेकिन प्रश्न यह उठता है कि क्या रामू धोबी मज़दूर था ?''

''कदापि नहीं !'' वाई. जेड. सुब्रह्मण्यम् ने सिर हिलाकर कहा।

मैंने कहा, ''धोबी अगर मज़दूर नहीं तो क्या है ? बेचारा सुबह से शाम तक आठ घंटे की बजाय बारह घंटे काम करता है, तब जाकर उसे दो वक्त की रोटी नसीब होती है।''

''लेबर एक्ट की धारा 51 के अनुसार मज़दूर वह है, जो किसी कारखाने में काम करे। क्या तुम धोबी-घाट को कारखाना कह सकते हो, सुब्रह्मण्यम् ?''

''कदापि नहीं, रंगाचारी ! यह धोबी तो मज़दूर हो ही नहीं सकता। इसलिए न इसे हरज़ाना मिल सकता है, न प्रोवीडेंट फंड, न सहायता स्वरूप कुछ रुपया किसी खाते में से दिया जा सकता है। न कोई मुकदमा खड़ा हो सकता है।''

''तो फिर !'' रंगाचारी सुब्रह्मण्यम् का मुंह देखने लगा और सुब्रह्मण्यम् रंगाचारी का, और मैं उन दोनों का। एकाएक उन दोनों के मन में एक ही विचार आया और वे प्रसन्नतावश उछल पड़े। मैं भी प्रसन्नतावश उछल पड़ा कि अब बेचारे रामू धोबी की फैमिली का कुछ भला हो जाएगा।

''मगर एक बात विचार करने की और है'', रंगाचारी बोला, ''अगर यह धोबी मज़दूर नहीं है, तो फिर कौन है ? इसकी कानूनी हैसियत स्पष्ट होनी चाहिए। नहीं तो धोबी प्रतिदिन घाट पर मरते रहेंगे और हमारे लिए विपत्ति खड़ी करते रहेंगे।''

सुब्रह्मण्यम् बोला, ''मेरे विचार से इस गधे का प्रार्थना-पत्र लेकर एक फाइल चला देनी चाहिए।''

रंगाचारी ने मेरे हाथ से प्रार्थना-पत्र ले लिया। मैंने उसके दोनों हाथ अपने दोनों कानों में लेकर कहा, ''धन्यवाद ! रंगाचारी महोदय ! हज़ार बार, लाख बार धन्यवाद। आपने एक गरीब धोबी के बीवी-बच्चों को मरने से बचा लिया। मैं इस प्रार्थना-पत्र का फैसला सुनने कब आऊं ?''

रंगाचारी ने सुब्रह्मण्यम् की ओर देखा। सुब्रह्मण्यम् ने रंगाचारी की ओर। आखिर रंगाचारी बोला :

''फाइल तो आज ही चलनी शुरू हो जाएगी, तीसरे दर्जे के क्लर्क से पहले

दर्जे के क्लर्क तक जाएगी। फिर हर मेज़ पर इसकी नोटिंग होगी। फर्स्ट क्लर्क से डिप्टी सुपरिंटेंडेंट तक और डिप्टी सुपररिटेंडेंट से सुपररिटेंडेंट तक प्रत्येक व्यक्ति अपनी राय देगा। यह राय चलते-चलते मेज़ों पर से गुजरती हुई मेरे पास आएगी। मैं डिप्टी सेक्रेट्री हूं। मेरे पास से ज्वायंट सेक्रेट्री के पास जाएगी। ज्वायंट सेक्रेट्री से फर्स्ट सेक्रेट्री के पास। फर्स्ट सेक्रेट्री उसे डिप्टी कमिश्नर के पास ले जाएगा। मगर समस्या बड़ी टेढ़ी है। प्रश्न रामू धोबी के मर जाने का इतना नहीं है, प्रश्न यह है कि धोबी मज़दूर हो सकता है या नहीं ? सम्भव है, इस सम्बन्ध में कामर्स मिनिस्ट्री से निर्णय कराने की आवश्यकता पड़े। फिर यह प्रश्न भी है कि अगर धोबी मज़दूर है, तो मोची मज़दूर क्यों नहीं ? कुम्हार मज़दूर क्यों नहीं ? अगर रामू को हरजाना मिलेगा तो दूसरे भी मांगेंगे। लाखों-करोड़ों के लिए स्टेट बैंक कहां से हरजाना लाएगा ? इसके लिए फिनान्स डिपार्टमेंट से भी पूछना पड़ेगा। सम्भव है फिनान्स डिपार्टमेंट इस मूल प्रश्न को प्रधानमंत्री के सामने रखे और प्रधानमंत्री पार्लियामेंट में इस प्रश्न को रखें। सम्भव है, इसी प्रश्न पर हमारे विधान की किसी धारा में कोई परिवर्तन भी हो जाए।'' रंगाचारी ने अपनी उंगलियों पर गिनते हुए मुझसे कहा, ''मेरे विचार में अगर तुम दस साल के बाद आओ तो उस समय तक इस फाइल का कोई न कोई फैसला ज़रूर हो जाएगा।''

''तब तक रामू के बीवी-बच्चे क्या करें ?''

रंगाचारी ने कहा, ''हम विवश हैं। कानून के हाथों बिलकुल विवश हैं; यों हमारी पूरी-पूरी सहानुभूति तुम्हारे साथ है।''

सुब्रह्मण्यम् बोला, ''मैं समझता हूं, रंगाचारी, समस्या वास्तव में यह नहीं है कि धोबी मज़दूर है या नहीं। वास्तविक समस्या यह है कि रामू को किसने मारा?''

''एक मगरमच्छ ने'', सुब्रह्मण्यम् ने प्रसन्नता से चिल्लाकर कहा, ''तो फिर यह समस्या हमारे विभाग से कोई सम्बन्ध नहीं रखती। इसका सीधा सम्बन्ध मछलियों के विभाग से है—डिपार्टमेंट ऑफ फिशरीज़ से ! कृपया आप मछलियों के विभाग में जाइए। उसका सम्बन्ध हर प्रकार की मछलियों से है, जिनमें मगरमच्छ भी शामिल हैं।''

रंगाचारी ने सुब्रह्मण्यम् के हाथ पर हाथ मारकर कहा, ''वाह ! क्या बात निकाली है। क्यों न हो, भाई, इसीलिए तो मैं अभी तक डिप्टी सेक्रेट्री हूं और तुम ज्वायंट सेक्रेट्री हो।'' रंगाचारी ने ईर्ष्या और द्वेष के मिले-जुले भाव से कहा। मैं चुपके से प्रार्थना-पत्र हाथ में लिए बाहर निकल आया।

7

जाना गधे का मछलियों के विभाग में तथा वृत्तान्त मछलियों के अंडों और एंग्लो-इण्डियन शिकारी का

मछलियों के विभाग में मछली-मार्केट का-सा कोलाहल था। कान-पड़ी आवाज़ सुनाई नहीं दे रही थी। अब तक मैं दफ्तरी कार्रवाई का काफी अभ्यस्त हो चुका था। इसलिए मैंने पहले काउंटर की पहली खिड़की से शुरू किया।

पहले क्लर्क ने कहा, "मैं तो केवल मछलियों के अंडों की फाइलें लेता हूं। आप आगे जाइए।"

दूसरे क्लर्क ने कहा, "मेरे पास तो केवल मछलियों से सम्बन्धित जानकारी की फाइलें हैं, वह भी केवल तीन प्रकार की मछलियों के सम्बन्ध में—रोहू, साईमन और पामफ्रेट। आपने क्या नाम बताया ?"

"रामू", मैंने धीमे से दोहराया।

क्लर्क ने इन्कार में सिर हिलाकर कहा, "इस नाम की कोई मछली हमारे पास नहीं है—आगे जाइए।"

तीसरे क्लर्क से मैंने छूटते ही कहा, "एक मगरमच्छ है।"

तीसरा क्लर्क बोला, "शार्क मछली के तेल के बारे में या जापानी ट्रालर को किराये पर लेने के बारे में अगर आप पूछना चाहते हैं तो पूछ सकते हैं, वरना आगे जाइए।"

चौथे क्लर्क तक पहुंचते-पहुंचते मेरे क्रोध का पारा बहुत चढ़ चुका था। यहां एक बूढ़ा मरियल-सा क्लर्क अपनी नाक की चोंच लटकाए एक बड़ा-सा रजिस्टर खोले ऊँघ रहा था।

मैंने कहा, "सुनो ! और भई, सुनना पड़ेगा। बात यह है कि एक धोबी को एक मगरमच्छ ने खा लिया है।"

बूढ़े क्लर्क ने अपने कानों पर हाथ रखकर पूछा, "आं ! क्या कहते हो ?"

मैंने चिल्लाकर कहा, "एक धोबी को एक मगरमच्छ ने खा लिया है।"

बूढ़े क्लर्क के मूर्खतापूर्ण चेहरे पर एक विचित्र-सी मुस्कराहट आई। बोलाः

"एक धोबी ने एक मछली को खा लिया है तो क्या हुआ ? बहुत-से धोबी मछली खाते हैं। न खाएं तो हमारा यह डिपार्टमेंट कैसे चले ?"

मैंने कहा, "धोबी ने नहीं, मगरमच्छ ने धोबी को खा लिया है।"

वह बोला, "धोबी ने नहीं, मगरमच्द ने मछली को खाया है ? अच्छा ! अच्छा! तो इसमें शिकायत की क्या बात है, बहुत-से मगरमच्छ मछलियां खाते हैं।"

मैंने ज़ोर से चिल्लाकर कहा, "सुनो, मछली नहीं मगरमच्छ।"

वह बोला, "अच्छा, एक मगरमच्छ !"

मैंने उसे समझाते हुए कहा, "और एक धोबी। याद रखो एक धोबी, एक मगरमच्छ !"

वह बोला, "एक धोबी, एक मगरमच्छ, आगे चलो।"

मैंने कहा, "वह धोबी घाट पर कपड़े धोता था।"

वह बोला, "अच्छे कपड़े धोता था ?"

मैंने चिल्लाकर कहा, "अच्छे धोता था, या बुरे धोता था, तुम्हें इससे क्या?"

वह बोला, "मेरा धोबी बहुत बुरे कपड़े धोता है। अगर तुम कहो तो मैं तुम्हारे धोबी को..."

मैंने सटपटाकर कहा, "तुम पूरी बात नहीं सुनोगे ?"

वह बोला, "अच्छा सुनाओ। एक धोबी, एक मगरमच्छ। वह धोबी घाट पर कपड़े धोता था, फिर ?"

मैंने कहा, "इतने में एक मगरमच्छ आया, उसने धोबी की टांग पकड़ी"

"क्या पकड़ी ? ज़रा ऊंचा बोलो, मैं कम सुनता हूं।" वह बोला।

"टांग ! टांग !!" मैंने चिल्लाकर कहा।

"मुर्गी की !" क्लर्क खुशी से चिल्लाया।

"मुर्गी की नहीं, धोबी की टांग।"

"धोबी की टांग मैंने कभी नहीं खाई।" बूढ़े क्लर्क ने दुःख प्रकट करते हुए कहा, "कैसी होती है ?"

मैंने बिलकुल झल्लाकर कहा, "मैंने धोबी की टांग नहीं खाई। मगरमच्छ आया। जब बेचारा धोबी कपड़े धो रहा था, वह पकड़कर खा गया। समझे ?"

"हां ! हां ! अब समझ गया", क्लर्क ने सिर हिलाकर कहा, "धोबी कपड़े धोता था। इतने में एक मगरमच्छ आया और धोबी के कपड़े खा गया।"

मैंने उसकी ओर बड़े क्रोध से देखा और अगली खिड़की की ओर बढ़ गया।

यहां पर एक अधेड़ आयु का एंग्लो-इंडियन अपने गंजे सिर पर नीली नाड़ियों का उभरा हुआ जाल लपेटे बैठा था। उसकी नाक से मालूम होता था कि इस समय भी थोड़ी-सी पिए हुए है। बड़ी शिष्टतापूर्वक मुझे मिला। कहने लगा :

"फरमाइए ! मैं आपके लिए क्या कर सकता हूं ?"

मैंने दिल में सोचा, कहीं यह भी बूढ़े क्लर्क की तरह गड़बड़ा न जाए, इसलिए बहुत धीरे-धीरे पूरा वृत्तान्त सुनाऊंगा। मैंने कहा, "सुनिए, एक मगरमच्छ है।"

एंग्लो-इंडियन महोदय की आंखें चमक उठीं। बोला, "हां, किधर है ?"

मैंने कहा, "यमुना घाट पर।"

वह बोला, "यमुना पर तो बहुत-से घाट हैं, मगर वह कहां है ?"

एंग्लो-इंडियन महोदय सब कुछ नोट करता जाता था। मैंने सोचा, अब मुझे

अपने मतलब का व्यक्ति मिल गया। मन ही मन मैंने भगवान के गुण गाए। मैंने कहा :

"कृष्णनगर के पास। रेल के पुल के नीचे।"

एंग्लो-इंडियन ने नोट करके पूछा, "कितना लम्बा-चौड़ा है ?"

"क्या घाट ?"

"घाट नहीं, मगरमच्छ।" एंग्लो-इंडियन बोला।

मैंने कहा, "मैंने देखा तो नहीं, मगर लोग कहते हैं, तीस फुट से कम नहीं था।"

"हैं..." एंग्लो-इंडियन की आंखें भी चमक उठीं। अब तो उसके गाल भी चमक रहे थे, "तीस फुट ! वाह ! वाह !! क्या तुम मुझे उस स्थान पर ले जा सकते हो ?"

"हां, ले जा सकता हूं।"

"हम साथ में अपनी राइफल ले चलेंगे।" वह प्रोग्राम बनाते हुए बोला।

"रायफल किसलिए ?"

"मगरमच्छ के शिकार के लिए !" एंग्लो-इंडियन मेरी ओर आश्चर्य से देखकर बोला, "तुम मगरमच्छ के शिकार के लिए ही आए थे ना ?"

मैंने कहा, "नहीं। बात यह है कि उस मगरमच्छ ने एक धोबी को खा लिया है। उसके बीवी-बच्चों की सहायता के लिए मैं यहां..."

"ओह !" एंग्लो-इंडियन का दिल बुझ गया। उसकी आंखों की चमक भी बुझ गई। बिलकुल कारोबारी और दफ्तरी स्वर में बोला :

"मैं मगरमच्छ का शिकार तो कर सकता हूं, मगर रामू के लिए कुछ नहीं कर सकता। सॉरी ! हमारे विभाग से धोबियों का कोई सम्बन्ध नहीं।"

मैंने बिल्कुल तंग आकर कहा, "तो मैं कहां जाऊं ? तुम्हारे विभाग से धोबियों का कोई सम्बन्ध नहीं और किसी दूसरे विभाग का मगरमच्छों से कोई सम्बन्ध नहीं, तो फिर उसका सम्बन्ध किससे है ? यह कैसे पता चल सकता है ?"

एंग्लो-इंडियन ने बड़े ध्यान से और सहानुभूति से मेरी ओर देखा और पूछाः

"क्या तुम मरनेवाले के सम्बन्धी हो ?"

"नहीं, मैं तो बस उसका गधा हूं।"

"फिर भी इतनी सहानुभूति जताते हो।" एंग्लो-इंडियन मेरी ओर चौकन्ना होकर देखने लगा, "देखो, मैं तुम्हें मशवरा देता हूं। आजकल के ज़माने में किसी के प्रति इतनी सहानुभूति रखना खतरे से खाली नहीं है।"

मैंने कहा, "तुम मुझे यह मशवरा न दो, यह बताओ कि मेरी यह प्रार्थना कौन सुनेगा ?"

एंग्लो-इंडियन सोच में पड़ गया और पेंसिल चबाने लगा। पेंसिल चबाते-चबाते बोला :

"मामला मगरमच्छ का है। मगरमच्छ का अदालत से कोई सम्बन्ध नहीं, वरना तुम इस कत्ल के सिलसिले में अदालत में जा सकते थे। मगरमच्छ का सम्बन्ध चिड़ियाघर से अवश्य है। तुम चिड़ियाघर जा सकते हो। मगर चिड़ियाघर वाले क्या करेंगे ? उनके यहां पहले से मगरमच्छ मौजूद हैं। फिर चिड़ियाघर वालों का धोबी से क्या सम्बन्ध ? क्योंकि चिड़ियाघर के जानवर कपड़े तो पहनते ही नहीं।"

"हां," एकाएक वह प्रसन्नता से उछल पड़ा और अब के मैंने उसके चेहरे पर वही प्रफुल्लता देखी, जो कुछ समय पूर्व मैं रंगाचारी और सुब्रह्मण्यम् के चेहरे पर देख आया था।

वह बोला, "एक तरकीब समझ में आई है।"

"क्या ?"

"सुनो ! धोबी का सम्बन्ध साबुन से है और साबुन के आयात-निर्यात का सम्बन्ध कामर्स डिपार्टमेंट से है। फिर धोबी का सम्बन्ध कपड़ों से है और कपड़ों का सम्बन्ध फिर कामर्स डिपार्टमेंट से है। देखो ! तुम सीधे कामर्स मिनिस्टर के पास चले जाओ। उसके सामने रामू धोबी की पूरी विपदा रख दो। अगर वह चाहता होगा कि धोबी कपड़े धो-धोकर फाड़ते रहें और इस प्रकार लोग नये-नये कपड़े पहनने पर विवश होते रहें तो वह इस सम्बन्ध में अवश्य तुम्हारी सहायता करेगा।"

8

- *जाना गधे का मनसुखलाल कामर्स मिनिस्टर की कोठी पर और बयान करना रामू की दुःखगाथा और दिलासा देना कामर्स मिनिस्टर का तथा उल्लेख उस कोठी का*

मित्रों ! मैं उस कोठी का क्या उल्लेख करूं जो चारों ओर से सुन्दर बाग-बगीचों से घिरी हुई थी। पेड़ों की शाखाएं फलों से लदी-झुकी जाती थीं और सड़कों के किनारे-किनारे ऐसे रंगीन फूल खिले थे कि आंखों में, मुझ गधे की आंखों में भी, ठंडक पड़ती थी और लान पर ऐसी हरी-हरी सुगंधित घास थी कि अगर एक सौ गधे भी हर रोज़ चरते रहें तो भी कभी समाप्त न हो। न जाने यह मंत्री की कोठी के भीतर इतन उम्दा घास क्यों होती है। जाने इसका सम्बन्ध मंत्री

की कोठी से है या किसी गधे से ! मगर मैंने तो इन आलीशान कोठियों के भीतर अपने सिवा कोई गधा नहीं देखा। दिल को बहुत दुःख हुआ कि इतनी उम्दा घास केवल मनुष्यों के पांव तले रौंदी जाती है और किसी काम नहीं आती। सच है, अभी इस संसार में मोटरवालों का राज है, गधेवालों का राज नहीं, जैसे कुम्हार का, धोबी का, मोची का, घसियारे का, अर्थात् उन समस्त लोगों का जो गधे रखते हैं। अन्यथा घास का यों अनादर न होता। खैर, आपको मुझ गधे से या मेरी घास से क्या मतलब ! आपको तो केवल इस कथा से मतलब है, सो कहता हूं। जब मैं मंत्री महोदय की कोठी के भीतर पहुंचा तो वह लाल पत्थर से बने हुए एक छोटे-से फव्वारे के इर्द-गिर्द टहल रहे थे। उनके बच्चे लान पर कलाबाजियां खा रहे थे और सामने बरामदे में दो औरतें फूलदार साड़ियां सुखाने के लिए रस्सी पर टांग रही थीं। अर्थात् बड़ा सुन्दर दृश्य था। मैंने मनसुखलालजी को दोनों कान जोड़कर नमस्कार किया, जिसका उत्तर उन्होंने दोनों हाथ जोड़कर बड़ी विनम्रता से दिया। वह अपनी धोती की लांग ठीक करते हुए बोले, "सों छे !"

मैंने कहा, "मुझे जुकाम नहीं है।"

वह क्षमा मांगते हुए बोले, "मैंने आपको अपने देश अहमदाबाद का समझा था।"

मैंने कहा, "जी नहीं, मैं तो उत्तर प्रदेश का रहने वाला हूं।"

वह बोले, "अच्छा, अच्छा, वह जो बिहार से आगे है ना ?"

मैंने कहा, "जी हां, अगर आप बिहार से इधर आएं तो आगे आता है और इधर से बिहार जाएं तो पहले आता है।"

मनसुखलालजी हंसने लगे। बोले, "तुम रंग-रूप से गधे दिखाई देते हो। मगर हो नहीं, भाई साहब !"

मैंने कहा, "नहीं, भाई साहब ! मैं वाकई गधा हूं। विश्वास न हो तो मेरे कान ऐंठकर देख लीजिए।"

मनसुखलालजी ने मेरे कान ऐंठे तब जाकर उन्हें विश्वास आया, बोले, "अब कहो, मैं तुम्हारे लिए क्या कर सकता हूं ?"

मैंने कहा, "मनसुखलालजी ! मुझे अपने लिए तो घास का एक तिनका भी नहीं चाहिए। मैं रामू धोबी के सम्बन्ध में आया हूं।" और फिर मैंने रामू धोबी का पूरा किस्सा बयान कर दिया।

यह बात मैं यहां सबके सामने स्पष्ट रूप से कहूंगा कि मनसुखलालजी का व्यवहार मुझसे अत्यन्त शिष्टतापूर्ण था। कहीं एक बार भी उन्होंने मुझ पर यह प्रकट नहीं होने दिया कि वह किसी मनुष्य से नहीं किसी गधे से बात कर रहे हैं, लेकिन इन समस्त बातों के बावजूद उनका उत्तर इन्कार में था। कहने लगे:

"भाई ! अगर मामला केवल साबुन का होता अर्थात् धोबियों को साबुन सस्ते दामों पर दिलाने का प्रश्न होता, तो मैं इस पर विचार कर सकता था। यदि प्रश्न यह होता कि धोबियों को कलफ लगाने के लिए पाउडर बहुत महंगा मिलता है, तो मैं उस पर ड्यूटी कम कर सकता था। यदि धोबियों की यह शिकायत होती कि मिलों से जो कपड़ा आता है वह इतना नाकस होता है कि दो-चार बार पत्थर पर कूटने से फट जाता है तो या तो मैं कारखानेदारों की ताड़ना कर सकता था कि वे मोटा कपड़ा बुनें या मैं धोबियों को कपड़ा कूटने के लिए नर्म पत्थर सप्लाई कर सकता था, मगर यहां प्रश्न बिलकुल दूसरा है। यहां प्रश्न यह है कि एक गरीब धोबी मर गया है। उसके बीवी-बच्चे, दीन, दरिद्र तथा भूखे हैं। वे कोई काम नहीं जानते। कोई उनका अभिभावक नहीं है। अब वे लोग करें तो क्या करें ? यह समस्या ऐसी है जिसका समाधान कोई बड़े से बड़ा मंत्री भी नहीं कर सकता।"

"क्यों ?"

मनसुखलाल जी इधर-उधर देखकर मेरे कान में बोले, "यह हमारी केन्द्रीय सरकार की मूल समस्या है। इसका समाधान सिवाय हमारे प्रधानमंत्री के और कोई नहीं कर सकता।"

"तो क्या आपका मतलब है..." मैंने आश्चर्य से अपने दोनों कान जोड़कर पूछा, "तो क्या आपका मतलब है, मुझे इस काम के लिए..." मैंने वाक्य अधूरा छोड़ दिया।

मनुसखलाल ने धीरे से सिर हिलाकर कहा, "हां, तुम्हें इस काम के लिए पण्डित जवाहरलाल नेहरू के पास जाना होगा।"

9

❑ *जाना गधे का प्रधानमंत्री की कोठी पर और मुलाकात करना पण्डित जवाहरलाल नेहरू से और खफा होना बाग के माली का*

मैंने लोगों से सुन रखा था कि पण्डितजी से मुलाकात का समय सुबह साढ़े सात-आठ बजे से पहले का है। उसके बाद जो मुलाकातियों का तांता शुरू होता है तो फिर किसी समय भी एक-आध मिनट के लिए बात करना असम्भव होता है। यही सोचकर मैं उस दिन रात-भर जागता रहा और विभिन्न रास्तों से घूम-फिरकर पण्डितजी की कोठी तक पहुंचने का प्रयत्न करता रहा। कोई 6 बजे के लगभग मैं उनकी कोठी के बाहर था। संतरियों ने मेरी ओर लापरवाही से

ताका। शायद मैं उन्हें बिलकुल मामूली गधा नज़र आया होऊंगा। पहले तो मैं दीवार से लगकर धीरे-धीरे घास चरता रहा और धीरे-धीरे दरवाज़े की ओर सरकता रहा। जब मैं दरवाज़े के बिलकुल निकट पहुंच गया तो संतरियों ने हाथ उठाकर लापरवाही से मुझे डराया जैसे आमतौर पर गधों को डराया जाता है। मैंने सारी स्कीम पहले से सोच रखी थी। उनके डराते ही मैंने कुछ यह प्रकट किया कि मैं बिल्कुल डर गया हूं। अतएव मैं तड़पकर उछला और सीधा कोठी के भीतर हो लिया। संतरी मेरे पीछे भागे। वे मेरे पीछे-पीछे और मैं उनके आगे-आगे। जब मैं बाग तक जा पहुंचा तो संतरियों ने एक गधे का वहां तक पीछा करना व्यर्थ समझकर माली को आवाज़ दे दी कि वह मुझ गधे को बाग से बाहर निकाल दे और यह कहकर वे बाहर गेट पर जा खड़े हुए, जहां उनकी ड्यूटी थी।

माली ने मुझे घूरकर देखा। उस समय वह एक खुरपी लिए गुलाब की झाड़ियों के इर्द-गिर्द की घास साफ कर रहा था। उसने जब अपना काम बढ़ते देखा तो उसे बहुत क्रोध आया। चुपके से वह झाड़ियों के पास से उठा और भीतर अपने क्वार्टर से कोई मजबूत-सा डण्डा लाने चला गया।

इत्तने में मैंने देखा कि पण्डितजी बाग के बीचों-बीच सड़क पर चलते हुए बल्कि दौड़ते हुए गुलाब के पौधों की ओर जा रहे हैं। मैंने यह अवसर उचित समझा और हिरन की तरह एक चौकड़ी भरी और पण्डितजी के पीछे-पीछे हो लिया।

मैंने धीमे से कहा, "पण्डितजी !"

पण्डितजी आश्चर्य से मेरी ओर मुड़े। जब उन्हें वहां कोई व्यक्ति दिखाई

न दिया तो फिर आगे बढ़ने लगे।

मैंने फिर कहा, "पण्डितजी !"

अब के पण्डितजी ने ज़रा तीखी चितवन से पीछे देखा और बोले, "मैं भूतों में विश्वास नहीं रखता।"

मैंने कहा, "विश्वास कीजिए, मैं भूत नहीं हूं, एक गधा हूं।"

जब पण्डितजी ने मुझे बोलते देखा तो उनका क्षण-भर पहले का आश्चर्य हर्ष में परिवर्तित हो गया। बोले, "मैंने इटली के एक घोड़े के बारे में पढ़ा था जो अलजबरा के प्रश्न तक हल कर सकता था लेकिन बोलने वाला गधा आज ही देखा। मनुष्य का विज्ञान क्या कुछ नहीं कर सकता ? बोलो, क्या चाहते हो ? मेरे पास अधिक समय नहीं है।"

मैंने कहा, "आपसे पन्द्रह मिनट के लिए एक इन्टरव्यू चाहता हूं। सोचता हूं, कहीं आप इसलिए इन्कार न कर दें कि मैं एक गधा हूं।"

पण्डितजी हंसकर बोले, "मेरे पास इण्टरव्यू के लिए एक से एक बड़े गधे आते हैं, एक गधा और सही। क्या फर्क पड़ता है ? शुरू करो।"

मैं शुरू करने वाला था कि इतने में माली दूर से डंडा लिए भागता हुआ नज़र आया। मैंने माली की ओर देखा, फिर पण्डितजी की ओर। पण्डितजी समझ गए। उन्होंने हाथ के इशारे से माली को रोक दिया। और स्वयं टहलने लगे। मैंने रामू धोबी की दुःख भरी कहानी संक्षिप्त शब्दों में सुना दी। पण्डितजी बहुत प्रभावित हुए। कहने लगे, "इस मामले में सरकार कुछ नहीं कर सकती मगर मैं अपनी जेब से एक सौ रुपया दे सकता हूं।"

यह कहकर उन्होंने जेब से एक सौ रुपये का नोट निकाला और मेरे लम्बे कान के भीतर उड़स दिया।

मैंने कहा, "पण्डितजी ! स्वर्गीय किदवई भी इसी प्रकार दान दिया करते थे। इससे सैकड़ों लोगों का भला तो ज़रूर हो जाता है लेकिन है तो यह दान ही।"

बोले, "दान तो है।"

मैंने कहा, "दान बन्द होना चाहिए। हर भारतवासी का यह अधिकार होना चाहिए कि जब वह मरे तो उसके बाद राज्य उसके बीवी-बच्चों के निर्वाह का प्रबन्ध करे। इसे स्वतंत्रता के मूल सिद्धान्तों में से एक होना चाहिए।"

"सिद्धान्त तो ठीक है।" पण्डितजी बोले, "लेकिन सिद्धान्तों को व्यवहार में लाने के लिए खून-पसीना एक करने की जरूरत है। इसके लिए बहुत कम लोग तैयार होते हैं। वैसे तुम्हारी तरह लोग क्रांति की बातें बहुत करते हैं लेकिन रामू धोबी की विधवा को पेंशन देने के लिए राष्ट्र के पास उससे कहीं अधिक राष्ट्रीय धन होना चाहिए, जितना आजकल उसके पास है। इस राष्ट्रीय धन को

बढ़ाने के लिए हमने पंचवर्षीय योजना तैयार की है, जिसके आधार पर देश-भर में काम हो रहा है लेकिन लोगों में वह उत्साह नहीं, जिसकी मुझे उनसे आशा थी।"

मैंने कहा, "लोगों में आपके प्रति असीम आदर है। आपकी बताई हुई योजनाओं से अत्यन्त लगाव है। आपका हर आदेश उनके सिर-माथे पर होता हे। आप संसार-भर में शांति स्थापित करने के लिए जो प्रयत्न कर रहे हैं, उसमें न केवल भारत के लोग बल्कि समस्त देशों के लोग आपसे स्नेह करने लगे हैं।"

पण्डितजी मुस्कराए, बोले, "गधे होने के बावजूद तुम बातें अच्छी बना लेते हो।"

मैंने कहा, "आज मैं संसार के एक महान राजनीतिज्ञ के सामने खड़ा हूं। जाने फिर कभी ऐसा अवसर मिले न मिले। इसलिए क्यों न अपने मन की बात आपसे कह डालूं। पण्डितजी, आपकी वैदेशिक-नीति की सफलता सर्वमान्य है। राष्ट्रीय जीवन में भी आपकी स्वदेश-भक्ति, जन-मित्रता और राष्ट्रीय सेवा से इन्कार नहीं किया जा सकता। जो कोई ऐसा करेगा, मुंह की खाएगा। इस थोड़े-से समय में ही आप भारत को जिस शिखर पर ले गए हैं, उससे आपके कन्धों की मज़बूती का पता चलता है। लेकिन पण्डितजी ! क्या यह काफी है ? एक राष्ट्र, एक बड़ा राष्ट्र, शूरवीर राष्ट्र, भारत ऐसा सभ्य राष्ट्र कब तक एक व्यक्ति के सहारे चलेगा ? क्या आप विश्वास से कह सकते हैं कि यदि आपने अपने शासन में उचित परिवर्तन न किए तो आपके बाद भारत की वही दशा न होगी जो अशोक और अकबर के बाद हुई थी ?"

"अशोक और अकबर बादशाह थे। आज भारत स्वतंत्र है।" पण्डितजी ने मुझे याद दिलाया।

"केवल वोट से जनतंत्र नहीं होता। आज भारत में जो राज्य है, मैं उसे अधिक से अधिक नेहरू के आत्म-बलिदान के नाम से पुकार सकता हूं। आत्म-बलिदान सदैव व्यक्तिगत होता है। वह केवल एक व्यक्ति की ओर देखता है और जब वह व्यक्ति...व्यक्ति न रहे तो फिर क्या होगा ? पण्डितजी ! मुझे इससे बहुत भय आता है।"

"मैं इस प्रश्न का उत्तर पहले ही दे चुका हूं।" पण्डितजी ने कहा, "मैं नहीं समझता कि मेरे प्यारे देश की जनता मेरे बाद कोई इतना बड़ा नेता उत्पन्न नहीं कर सकती जो परिस्थितियों को संभाल न सके। मुझे अपनी जनता पर भरोसा है।"

"आपका भरोसा अनुचित नहीं लेकिन इसे व्यवहार में लाने के लिए, भारतीय जनता की रचनात्मक शक्तियों को जगाने के लिए, क्या यह ज़रूरी नहीं है कि अभी से कदम उठाया जाए ? क्षमा कीजिएगा, पण्डितजी ! मुझे आपके सरकारी

अधिकारियों में कोई रामू धोबी, कोई जम्मन चमार, कोई ढोंढू मिल मज़दूर नज़र नहीं आता। कारवाले बहुत नज़र आते हैं, गधेवाला एक भी नज़र नहीं आता। अगर राष्ट्रीय धन को बढ़ाना है, अगर राष्ट्रीय योजनाओं को उत्तरोत्तर सफल बनाना है, अगर आप चाहते हैं कि देश की उन्नति दिन दूनी रात चौगुनी हो, तो इस राज्य-प्रणाली को बदलना होगा—ऊपर से नीचे तक। जनता के समस्त वर्गों को, समस्त स्तर पर, ऊपर से नीचे तक प्रतिनिधित्व देना पड़ेगा और एक ऐसी राष्ट्रीय सरकार का निर्माण करना पड़ेगा, जिसमें देश की पूरी जनता—पूंजीपतियों से कांग्रेसियों तक और कांग्रेसियों से साम्यवादियों तक सब शामिल हों। केवल ऐसी सरकार ही देश में उत्साह की लहर दौड़ा सकती है। आज जो काम दस या पन्द्रह वर्ष में, बहुत-सी आर्थिक हानि और बहुत-सी रिश्वतखोरी के साथ होता है, कम से कम हानि, कम से कम रिश्वतखोरी और कम से कम समय में पूरा हो जाएगा। काम की गति बहुत बढ़ जाएगी, क्योंकि जनता हर स्तर पर राज्य अधिकारियों में मौजूद होगी। इस समय मज़दूरों से लेकर राज्य-मंत्रियों तक की एक ऐसी संगठित सरकार की अत्यन्त आवश्यकता है।''

पण्डितजी मुस्कराए, बोले, ''मैंने सोचा था तुम मेरा इण्टरव्यू लोगे। मालूम होता है, तुम इण्टरव्यू लेने नहीं, देने आए हो।''

मैं घबराकर चुप हो गया। बात सच कही थी उन्होंने।

मुझे चुप देखकर बोले, ''नहीं-नहीं, कहो-कहो, मैं तो हमेशा से विद्यार्थी रहा हूं। मैं तो एक गधे से भी कुछ न कुछ सीख सकता हूं।''

मैंने कहा, ''मैं आपको क्या सिखाऊंगा ! सूरज के सामने चिराग क्या जलेगा! लेकिन मैं चूंकि एक गरीब आदमी का गरीब गधा हूं, जीवन-भर भूख का शिकार रहा हूं, मुझे मालूम है कि जो दर्द आपके दिल में मौजूद है, वह हमारी दशा को, हमारी प्रतिदिन की दशा को देखकर ही आपके दिल में पैदा होता है। इसलिए जो बात आप कहते हैं, वह मानो हमारे दिल से निकलती है। लेकिन मुसीबत यह है कि आपके और हमारे बीच जो बाड़ लगाई गई है, जो मशीनरी खड़ी की गई है, वह अत्यन्त प्रतिक्रियावादी, मन्द गति से चलने वाली बल्कि प्रायः आपकी अवज्ञा करने वाली है; इसलिए इस मशीनरी के भीतर जो शक्तियां काम करती हैं, वे हमारे विचारों की विरोधी हैं। अब तक जो काम होता है वह आपके भय से होता है। मुझे भय है कि जब आप हमारे बीच न होंगे, उस समय यह भय भी न रहेगा और वे लोग अपनी मनमानी कर गुज़रेंगे—यदि अभी से इसके लिए प्रबन्ध न किया गया।''

''तुम्हारा मतलब मेरे साथिगों से है ?''

मैंने कहा, ''जो साथी आपने लिए हैं और जो आपकी 'सेकंड लाइन ऑफ डिफेन्स' हैं, वे आयु में और नेतृत्व में आपसे भी बहुत बूढ़े हैं और शायद आपसे

बहुत पहले भुगत जाएंगे। मगर मेरा मतलब उन लोगों से नहीं है, मेरा मतलब एक संगठित राष्ट्रीय सरकार की स्थापना से है। केवल ऐसी सरकार ही आगामी बीस-तीस वर्ष में भारत को आगे ले जा सकती है, जिसमें पूरे का पूरा राष्ट्र अपने विभिन्न वर्गों तथा तत्वों के साथ राष्ट्रीय हित तथा उन्नति के लिए सम्मिलित हो।''

पण्डितजी ने कहा, ''मैं नहीं मानता कि सरकार की मशीनरी मेरा साथ नहीं देती, कोई उदाहरण दो।''

मैंने कहा, ''जितने उदाहरण चाहे ले लीजिए। आप अपनी योजना में प्राइवेट सेक्टर को कम और पब्लिक सेक्टर को अधिक रखना चाहते हैं, मगर प्राइवेट सेक्टर बढ़ रहा है और प्राइवेट सेक्टर में भी विदेशी धन बढ़ रहा है। जूट, चाय, बैंक-धन के अतिरिक्त अभी-अभी पच्चीस करोड़ रुपये की लागत से दो तेल की रिफाइनरियां खुली हैं।''

''हम उन पर पूरा कंट्रोल करेंगे।'' पण्डितजी ने क्रोध से कहा।

''अगर एंग्लो-ईरान कम्पनी की तरह हमारा हाल हुआ तो ? कहीं ऐसा न हो कि उसे कंट्रोल करते-करते हमारा प्रधानमंत्री भी डाक्टर मुसद्दिक की तरह क्षीण हो जाए।''

''तुम बिलकुल गधे हो।' पण्डितजी ने क्रुद्ध होकर कहा, ''तुम पुराने क्लासिकल क्रांतिकारियों की-सी बातें करते हो। भारत की विशेष परिस्थितियां नहीं देखते। यहां की जनता की विशेष मनोवृत्ति का अध्ययन नहीं करते। इनकी शांतिप्रियता तथा अहिंसा के प्रति गहरे प्रेम के प्रमाण नहीं देखते। यहां भारत में, काम धीरे-धीरे होगा। धीरे-धीरे समाज का ढांचा बदलेगा। धीरे-धीरे राष्ट्र के प्रति कर्तव्यों का रूप बदलेगा। धीरे-धीरे इनमें सामाजिक लचक उत्पन्न होगी, जो एक माडर्न समाज की विशेषता है। यह सब काम एक दिन में नहीं हो सकता। भारत में क्रांतिवादी शक्तियां भारत के विशेष राष्ट्रीय स्वभाव में समाकर और रच-बसकर ऊपर उभरेंगी। बाहर का पैबंद नहीं लगेगा। मैं तुमसे साफ-साफ कहे देता हूं, गधे ! धीरे-धीरे सब काम होगा।''

''तब तक रामू की बीवी का क्या होगा ? उन बच्चों का क्या होगा, जिन्हें इस देश में नौकरी नहीं मिलती, काम नहीं मिलता, जो विवश होकर इस देश से बाहर चले जाते हैं। फिर इस देश की बढ़ती हुई बेकारी का क्या होगा ? हर प्रदेश के आंकड़े देखिए; अभी थोड़े दिन हुए उत्तर प्रदेश की सरकार ने स्वीकार किया था कि उसके प्रदेश में बेकारी बढ़ रही है।''

''मेरे पास कोई छू-मन्तर नहीं है कि एक दिन में भारत की दशा बदल डालूं। ऐसा आज तक किसी देश में नहीं हुआ है। पच्चीस-तीस साल से पहले देश की दशा इतनी जल्दी नहीं बदल सकती। हर देश का इतिहास यही कहता है।

खून-पसीना एक कर देने से राष्ट्रीय धन तथा शक्ति बढ़ती है।" फिर मेरी पीठ पर हाथ रखकर बोले, "तूने पन्द्रह मिनट से अधिक ले लिए। अब मैं जाता हूं।"

मैंने कहा, "पंडितजी ! आपसे एक निवेदन है। सम्भव है इंग्लैंड में आपने गधों की सवारी की हो, लेकिन भारत में तो मैंने नहीं सुना कि आप गधे की पीठ पर सवार हुए हों। मेरा अहोभाग्य होगा अगर आप..."

पण्डितजी ने मुझे अपना वाक्य पूरा नहीं करने दिया। उचककर मेरी पीठ पर बैठ गए और कुछ समय तक मुझे बाग के इर्द-गिर्द ऐसा दौड़ाया, ऐसा दौड़ाया कि मेरी सांस फूल गयी। आखिर मैंने हार मान ली, "भगवान के लिए, पण्डितजी, अब तो उतर जाइए।" मैंने बार-बार कहा।

वह हँसकर एकदम उतर पड़े, "अब बता ! मन्द गति से चलने वाला कौन है ?"

इसके बाद वह मेरी ओर से मुड़े और मैंने देखा कि बरामदे में कुछ विदेशी दूत और दो-एक फोटोग्राफर टहल रहे थे और पण्डितजी की गधे की सवारी करने के फोटो ले रहे थे। दो-एक सेक्रेटरी लोग बड़ी परेशानी से टहल रहे थे। नेहरूजी मेरी पीठ थपकाकर उधर चले गए। जाते-जाते मुझसे कह गए, "उस धोबिन को वह सौ का नोट ज़रूर पहुंचा देना।"

मैं बड़े गौरव से दुलकी चाल चलता हुआ पण्डितजी की कोठी से बाहर निकला। क्यों न हो, आखिर भारत के प्रधानमंत्री से मुलाकात करके आया था–बाहर आते ही मुझे प्रेस के नुमाइन्दों और फोटोग्राफरों ने घेर लिया।

10

❑ *घेर लेना गधे को प्रेस के नुमाइन्दों का और लेकर जाना उसे कांस्टीट्यूशन क्लब में और उल्लेख गधे की प्रेस कांफ्रेंस का*

प्रधानमंत्री की कोठी से बाहर निकलते ही मैंने अपने-आपको संसार का अत्यन्त प्रसिद्ध गधा पाया। क्षण-भर पहले मैं एक अत्यन्त अप्रसिद्ध गधा था, जो सड़कों पर प्रार्थना-पत्र लिए मारा-मारा फिरता था। लेकिन प्रधानमंत्री से भेंट होते ही मानो मेरा भाग्य बदल गया। जब मैं कोठी से बाहर निकला तो दरवाज़े के बाहर प्रेस के नुमाइन्दों और फोटोग्राफरों का एक समूह जुटा था। तिल धरने को जगह न थी। मेरे फोटो पर फोटो लिए जा रहे थे। आखिर वे लोग मुझे घेर-घारकर कांस्टीट्यूशन क्लब ले गए, ताकि मेरा इंटरव्यू लें।

कांस्टीट्यूशन क्लब में प्रेस के नुमाइन्दों ने मुझ पर प्रश्नों की बौछार कर

डाली।

"प्रधानमंत्री से आपकी क्या-क्या बातें हुईं ?" एक नुमाइन्दे ने पूछा।

मैंने कहा, "कुछ घास के बारे में, कुछ गुलाब के फूलों के बारे में।"

दूसरा नुमाइन्दा बोला, "आप हमें उड़ा रहे हैं। साफ-साफ बताइए न; किस विषय पर बातचीत हुई।"

लेकिन मैं कहां उनकी बातों में आने वाला था। मैंने कहा, "कुछ धोबियों के बारे में, कुछ उनके गधों के बारे में, कुछ नई नसल के गधों के बारे में, जो आजकल भारत में तैयार हो रहे हैं।"

तीसरा नुमाइन्दा बोला, "विलायती गधों के बारे में भी कोई चर्चा हुई ?"

मैंने कहा, "हां ! जब पण्डितजी विलायत में पढ़ते थे तो अक्सर गधों की

सवारी किया करते थे। उन दिनों उन्हें हर्टफोर्डशायर के गधे बहुत पसन्द थे।"

प्रेस के नुमाइन्दों की पेन्सिलें बराबर चल रही थीं लेकिन साफ मालूम होता था कि जिस बात की उन्हें मुझसे आशा थी, वह पूरी नहीं हो रही थी। मुझे उन बेचारों पर बहुत दया आई। आखिर मुझे घोषणा करनी पड़ी :

"माननीय महिलाओं तथा सज्जनों ! (क्योंकि प्रेस के नुमाइन्दों में कई महिलाएं भी थीं) आपको यह जानकर बड़ी प्रसन्नता होगी कि भारत में मैं वह अकेला गधा हूं, जिसे आज पण्डित जवाहरलाल नेहरू को अपनी पीठ पर सवार करने का गौरव प्राप्त हुआ है।"

यह घोषणा सुनते ही बहुत-से नुमाइन्दे प्रसन्नतावश उछल पड़े। उन्हें अपने

समाचार-पत्र के लिए पहले पन्ने की हेडलाइन मिल गई थी। मैं कल्पना ही कल्पना में समाचार-पत्रों की हेडलाइनें तैरती हुई देखने लगा। इतने में किसी ने मुझे कान से झंझोड़कर चौंका दिया। यह अमरीकी पत्रिका 'लाइफ' का नुमाइन्दा था। उसके साथ 'न्यूयार्क टाइम्स', 'लन्दन टाइम्स' और 'मानचेस्टर गार्जियन' के नुमाइन्दे भी मौजूद थे।

'लाइफ' का नुमाइन्दा बोला, "हे मिस्टर ! तुम तो हमारे फ्रांसिस से भी बढ़ गए !"

"फ्रांसिस कौन है ?"

"बोलने वाला खच्चर है। मैट्रोगोल्डविन मेयर की फिल्मों में काम करता है, लेकिन उसे कभी यह सौभाग्य प्राप्त नहीं हो सका कि संसार के किसी महान नीतिज्ञ से भेंट कर सके।"

"न्यूयार्क टाइम्स" के नुमाइन्दे ने 'लाइफ' के नुमाइन्दे को कोट के कालर से पकड़कर कहा, "हे भाई ! मैं तुमसे कहता हूं, अगर हमारे फ्रांसिस का और इस भारतीय गधे का साझा इण्टरव्यू लिया जाए और उसे अमेरिका के टेलीविज़न पर प्रसारित किया जाए तो..."

'लाइफ' का नुमाइन्दा यह अछूती तजबीज़ सुनकर खुशी से उछल पड़ा। बोला, "अभी केबल-तार करता हूं कि वे लोग फ्रांसिस को चार्टर्ड हवाई जहाज़ द्वारा भारत भेज दें। भगवान साक्षी है, मज़ा आ जाएगा।"

'मानचेस्टर गार्जियन' के नुमाइन्दे ने ज़रा कटु स्वर में कहा, "मगर भई, ज़रा इसके राजनैतिक विचार तो मालूम कर लें। बड़ा काइयां गधा मालूम होता है।"

'लन्दन टाइम्स' के नुमाइन्दे ने रायल कमीशन के किसी सदस्य की तरह बोलते हुए कहा, "ऐ मिस्टर डंकी ! व्यक्तिगत स्वतंत्रता के संबंध में तुम्हारे क्या विचार हैं ?"

मैंने कहा, "हर गधे को घास चरने की स्वतंत्रता होनी चाहिए।"

"और co-existence (सह-अस्तित्व) के सम्बन्ध में ?"

मैंने कहा, "हर गधे को चाहिए कि स्वयं भी जिए और दूसरों को भी जीने दे। कम से कम गधे तो इस नियम का पालन करते हैं, मैं मनुष्यों की बात नहीं करता।"

"जातीय भेद-भाव के सम्बन्ध में तुम्हारे क्या विचार हैं ?"

मैंने कहा, "हम गधों में किसी प्रकार का जातीय भेद-भाव नहीं है। गधा काले बालों वाला हो या भूरे बालों वाला, उसका माथा सफेद हो या काला, उसकी खाल धारीदार हो या बेधारीदार, हमारे लिए कोई फर्क नहीं पड़ता। हमारे समाज में सब गधे बराबर हैं।"

'मानचेस्टर गार्जियन' के नुमाइन्दे ने इस दिलचस्पी से 'न्यूयार्क टाइम्स' और 'लाइफ' के नुमाइन्दों की ओर देखा जैसे कह रहा हो, 'देखो ! मैं तुमसे कहता नहीं था; पहले इसके विचार मालूम कर लो।'

'लाइफ' वाले ने 'न्यूयार्क टाइम्स' वाले से कहा, "मेरे विचार में अब फ्रांसिस को बुलाने का कोई लाभ नहीं है। वह तार कैंसिल कर दिया जाए।"

'मानचेस्टर गार्जियन' के नुमाइन्दे ने पूछा, "महाशय ! यह पूर्व और पश्चिम में जो ठण्डा युद्ध छिड़ा हुआ है, उसके सम्बन्ध में भी तो मुंह से फूल झाड़िए।"

मैंने कहा, "हम गधों में कभी कोई ठंडा या गर्म युद्ध नहीं होता। वास्तव में हम गधे लोग, जैसा कि आप मनुष्यों को मालूम होगा, युद्ध से घोर घृणा करते हैं। आपने प्रायः देखा होगा, घास के एक ही प्लाट पर दर्जनों गधे एकसाथ चरते हैं और कभी कोई लड़ाई नहीं होती। हमारी समझ में नहीं आता, आखिर मनुष्य इस तरह एक साथ क्यों नहीं चर सकते। फिर आपने यह भी देखा होगा कि विभिन्न रंगों तथा जातियों वाले गधे मिल-जुलकर ईंट ढोते हैं और एक नया मकान बनाने में सहायता करते हैं। अब मेरी समझ में नहीं आता कि तुम मनुष्य, विभिन्न रंगों तथा जातियों वाले मनुष्य, क्यों मिल-जुलकर एक नया कारखाना या एक नया संसार नहीं बना सकते ?"

"और पंचशील के सम्बन्ध में ?"

इस पर 'लन्दन टाइम्स' के नुमाइन्दे ने घृणा से मुंह मोड़कर 'मानचेस्टर गार्जियन' के नुमाइन्दे से कहा, "पूछना बेकार है। इस गधे पर नेहरू का जादू चल चुका है। अच्छा हुआ कि यह गधा बांडुंग कान्फ्रेंस में नहीं था, वरना जाने क्या उपद्रव मचाता।"

वे तीनों मुझे छोड़कर चले गए।

उनके जाने के बाद और बहुत-से प्रश्न हुए—विभिन्न विषयों पर, जिनका उत्तर देने का मैंने पूरा प्रयत्न किया अर्थात् जहां तक एक गधे से उत्तर बन सकता था। यह प्रेस कान्फ्रेंस कोई डेढ़ घंटे तक जारी रही। उसके बाद सब नुमाइन्दे अपनी-अपनी रिपोर्ट देने अपने दफ्तरों को चले गए, क्योंकि आज उन्हें एक नया शोशा हाथ आया था। इतनी लम्बी-चौड़ी कान्फ्रेंस के बाद मैं भी पसीने में लथपथ था और थक गया था। मैंने सोचा कि रामू की विधवा के घर जाने से पहले जमुना में नहाना चाहिए, तबियत हल्की हो जाएगी और थकावट भी दूर हो जाएगी। यह सोचकर मैं कन्स्टीट्यूशन क्लब से बाहर निकला कि भारी भरकम लेकिन नाटे कद के आदमी ने, जो एक बहुत उम्दा धोती और बहुत उम्दा सफेद अचकन पहने हुए था, मुझे संबोधित करते हुए कहा :

"क्षमा कीजिए, आप ही वे गधे हैं, बोलनेवाले गधे, जिन्हें हमारे प्रधानमंत्री से एक स्पेशल इंटरव्यू मिला है ?"

'जी हां।''

नाटे कद के आदमी ने मुझे सिर से पांव तक देखा। कुछ देर चुप रहा, फिर मानो अपने-आपको संभालकर बोला, ''अगर कष्ट न हो तो इस समय खाना गरीबखाने पर खाइए। मेरी कोठी यहां कान्स्टीट्यूशन क्लब से बहुत निकट है—बरजूटिया महल।''

''मगर यहां से कैसे चलेंगे ?'' मैंने एक जंभाई लेकर पूछा, ''मैं बहुत थका हुआ हूं !''

''मेरे पास एक ब्यूक गाड़ी है। आप शायद उसमें न आ सकें इसलिए मैं एक शिवरलेट लारी आपके लिए लेता आया हूं।''

जीवन में पहली बार मैंने शिवरलेट लारी में सफर किया। भाई, यह लोहे का गधा होता खूब है !

बरजूटिया महल सचमुच एक महल की तरह सजा हुआ था। जिस सोफे पर ले जाकर मुझे बिठाया गया, वह इतना बड़ा था कि उस पर दो गधे बड़ी आसानी से आराम कर सकते थे।

बरजूटिया महल में 'तशरीफ रखवाए' जाने के बाद बरजूटिया ने बड़े आदरपूर्वक झुककर मुझसे कहा, ''अब आप क्या पियेंगे ? लैमन, स्क्वायश या शरबत रूह अफज़ा ?'

मैंने कहा, ''मैं थोड़ी-सी घास खाऊंगा।''

बरजूटिया ने बड़ी गम्भीरता से घण्टी बजाई। जैसे आयु-भर मेहमानों को घास खिलाना उसका नियम रहा हो। उसके बाद उसने अपने नौकर को कुछ आदेश दिया।

थोड़े समय के बाद जब नौकर ने फिर कमरे में प्रवेश किया तो मैं क्या देखता हूं कि चांदी की एक बड़ी सुन्दर ट्रे में हरी-हरी सुगन्धित दूब धुली-धुलाई रखी है। बड़ी बारीक कटी हुई घास थी, जिसके खाने से दांतों को जरा भी कष्ट नहीं होता था। घास खाने के बाद नौकर नं. 2 ने चांदी की एक बाल्टी में मुझे पानी प्रस्तुत किया। रेफ्रीजरेटर का ठंडा किया हुआ पानी था, जिसमें जाने कितनी सुगन्धियां और शरबत मिले हुए थे। जब मैं पानी पी चुका तो नौकर नं. 3 ने एक सफेद तौलिये से मेरा मुंह साफ किया।

नौकर नं. 4 ने आकर पूछा, ''आप कौन-सा पान नोश फ़रमाएंगे, सादा या किवाम वाला ?''

मैंने कहा, ''किवाम वाला बेहतर रहेगा, लेकिन देखना, किवाम खास लखनऊ का हो, वरना सारा मज़ा किरकिरा हो जाएगा।''

इतना कह चुकने के बाद मैं सेठ बरजूटिया की ओर मुड़ा और उनसे पूछने लगा, ''आपने इतना कष्ट किसलिए किया ?''

सेठ बरजूटिया ने अपनी कुर्सी ज़रा आगे सरका ली और मेरी ओर ध्यान से देखकर बोला, ''श्रीमानजी ! साफ-साफ कह दूं ?''

''बिलकुल साफ-साफ कहिए।'' मैंने आग्रहपूर्वक कहा।

''तो बात यह है'', सेठ बरजूटिया ने मेरे और भी करीब आते हुए कहाः

''मैं इस प्रेस कांफ्रेंस में मौजूद था। उस समय मैंने अनुमान लगाया कि आप पण्डितजी से अपने इंटरव्यू का मूल उद्देश्य बिलकुल गोल कर गए हैं ! बस, वहीं मुझे संदेह हुआ।''

''आह !'' मैंने बात को कुछ-कुछ समझते हुए कहा।

''बस, आप मुझे साफ-साफ बता दीजिए कि आपके और पण्डितजी के दर्मियान क्या-क्या बातें हुईं !''

''बातें तो बहुत-सी हुईं।'' मैंने संतोषजनक स्वर में सिर हिलाकर कहा, ''राष्ट्रीय जीवन की बातें। विदेशी राजनीति की बातें, पंचवर्षीय योजना की बातें।''

''कुछ ठेके की बातें भी हुई थीं ?''

मेरे मस्तिष्क में तेल की रिफाइनरी की चर्चा उभर आई। मैंने कहा, ''हां, कुछ ठेके की बातें भी हुई थीं।''

''कितने के ठेके की ? दस लाख या बीस लाख ?''

''इससे अधिक।''

''एक करोड़ ?'' बरजूटिया ने कुरसी को और आगे सरकाते हुए कहा।

''इससे भी अधिक।''

''पांच करोड़ ?''

''जी नहीं, इससे भी अधिक।''

''दस करोड़ ?''

बरजूटिया की आवाज़ कांपने लगी—वह कुरसी खिसकाते-खिसकाते बिलकुल मेरे चेहरे के करीब आ गया।

''बीस करोड़ से अधिक !'' मैंने कहा।

''बस, बस, आगे मुझे कुछ न बताइए।'' सेठ बरजूटिया ने मेरे होंठों पर हाथ रखते हुए कहा, ''दीवार के भी कान होते हैं।''

''मगर सुनिए तो...'' मैंने कुछ कहना चाहा।

''श्-श्-श्'' सेठ बरजूटिया ने अपने होंठों पर उंगली रखते हुए कहा, ''मुझे और कुछ नहीं पूछना। बस इतना काफी है। पच्चीस करोड़ ! बाप रे !!—सुनिए, श्रीमानूजी ! आज से आप मेरे पार्टनर हैं।''

''पार्टनर ?'' मैंने हैरान होकर कहा, ''किस बात के ?''

''उसी सौदे के'', बरजूटिया ने संकेत करते हुए कहा, ''जिसकी चर्चा पंडितजी

से हुई।"

"मगर..." मैंने कहना चाहा, मगर बरजूटिया ने फिर मेरा वाक्य काट दिया।

"अगर-मगर नहीं चलेगी मेरे साथ।" बरजूटिया मुझे समझाने लगे, "देखिए, यों तो आप बड़े बुद्धिमान हैं, मगर आपके पास रुपया नहीं है और रुपया मेरे पास है जितना चाहिए। मैं आपको इस बिज़नेस में एक-तिहाई का हिस्सेदार बना लूंगा।"

मैंने इन्कार में सिर हिलाकर कहा, "मगर यह भी तो देखिए..."

"अच्छा ! अच्छा ! मैं समझ गया, आप हिस्सा अधिक चाहते हैं। अच्छा चलिए, फिफ्टी-फिफ्टी ! आधा हिस्सा मेरा, आधा आपका। रुपया सब मैं लगाऊंगा। चलिए, अब तो ठीक है ! कीजिए इस कागज़ पर हस्ताक्षर। मैंने टेलीफोन पर सॉलीसिटर को कहकर सब मामला पहले ही से लिखवा रखा था। देखिए, मेरा अनुमान कितना ठीक निकला !"

"मगर साहब, आपको बड़ी गलतफहमी हो रही है, मैं इस कागज़ पर हस्ताक्षर नहीं करूंगा।"

बरजूटिया ने मेरी ओर घूरकर देखा, बोला, "मैं आपको गधा समझता था लेकिन आप तो बड़े काइयां निकले। अच्छा, चलिए साहब ! मैं आपको अपनी फर्म में आधे का हिस्सेदार बनाए लेता हूं। इस ठेके के अतिरिक्त मेरी फर्म के दूसरे ठेकों में भी आपका हिस्सा रहेगा। देखिए, अब इन्कार मत कीजिए, इस कागज़ पर हस्ताक्षर कर दीजिए। मैं आपसे सच कहता हूं, इससे अच्छी शर्तें आपको कहीं नहीं मिल सकतीं। बरजूटिया, बरजूटिया एण्ड बरजूटिया कंस्ट्रक्शन कम्पनी का हिस्सेदार बनना भारत के किसी बड़े से बड़े पूंजीपति के लिए भी गौरव की बात हो सकती है।"

"देखिए ना..." मैंने कहा, "मैं एक मामूली गधा हूं और..."

बरजूटिया मेरी बात काटकर बोला, "इससे क्या होता है। हमारे शेयर होल्डर अक्सर गधे होते हैं वरना हम इतना लाभ कैसे कमा सकते हैं ? आप तो सब जानते हैं।"

बरजूटिया ने मेरी खाल में चुटकी भरी और ज़ोर से कहकहा लगाने लगा और इस प्रकार मेरी पीठ थपकने लगा जैसे वह और मैं बचपन के लंगोटिया गधे रह चुके हों और वर्षों इकट्ठे घास चरते रहे हों।

फिर उसने मुझे आंख मारकर कहा, "मैं इस कोठी में आपके लिए एक अच्छा-सा कमरा अलग किए देता हूं। फर्स्ट क्लास एयरकंडीशण्ड कमरा ! जैसा किसी महाराजा के रेस के घोड़े को भी नसीब न हो। हर प्रकार का ऐश-आराम -रात आपको मुन्ननबाई का नाच और गाना..."

मैंने सोफे से उठने का प्रयत्न करते हुए कहा, "मुझे तो आप आज्ञा दीजिए।

देखिए, मैं एक गरीब विधवा का गधा हूं। वह और उसके बच्चे मेरी प्रतीक्षा कर रहे होंगे। प्रधानमंत्री ने मुझे उनके लिए रकम दी है, उसे उन्हें देने जाऊंगा।''

''कहां जाएंगे आप ?'' बरजूटिया ने पूछा।

''कृष्णनगर, यमुनापार।''

''तो वहां तक जाने की क्या आवश्यकता है ? मैं अपनी ब्यूक भेजकर उन लोगों को यहीं बुलाए लेता हूं। रामू धोबी की विधवा और उसके तीनों बच्चों को यहीं क्वार्टरों में जगह दिए देता हूं, और मुझे अपनी कोठी में एक धोबिन की ज़रूरत भी है। पहला धोबी साला बड़ा कामचोर है। आप बिलकुल चिंता न कीजिए; सब ठीक हो जाएगा। वैसे आप घबराएं नहीं। अगर आप कुछ देर सोचना चाहते हैं, इस कागज़ पर हस्ताक्षर नहीं करना चाहते, न सही; मैं भी अभी आपको मजबूर नहीं करना चाहता। मगर इतना निवेदन अवश्य करूंगा कि अभी कुछ दिन आप मेरे मेहमान रहिए। इससे मुझे बड़ी प्रसन्नता होगी।''

उसने पार्टनरशिप का कागज़ जेब में डाल लिया और मेरी ओर ऐसी दयनीय दृष्टि से देखने लगा कि मुझसे इन्कार न हो सका। फिर मैंने सोचा, चलो, मेरे कारण बेचारे रामू की विधवा को नौकरी मिल रही है और उसके बच्चों के लिए ठिकाना भी बन रहा है। यहां कुछ दिन रहेंगे, क्या बुरा है ?

दूसरे दिन मुझे संगीत की मद्धिम-मद्धिम धुन के साथ ख्वाबे-खरगोश (गहरी नींद) बल्कि ख्वाबे-खर (गधे की नींद) से जगाया गया। मैंने मसहरी से उठकर देखा, बहुत-से नौकर नाश्ता लिए खड़े थे। सोंधी-सोंधी भुनी हुए बाजरे की दलिया खाने में बहुत आनन्द आया। इससे पहले केवल सुन रखा था कि मनुष्य अपने मतलब के लिए गधे को भी बाप बना लेता है, आज अपनी आंखों के सामने इसकी पुष्टि हो गई, क्योंकि जब मैं दलिया खा रहा था, उसी समय क्या देखता हूं कि सेठ बरजूटिया हाथ में बहुत-से समाचार-पत्रों का पुलिंदा उठाए खुशी-खुशी चले आ रहे हैं। आते ही ऐसे उल्लास से गले मिले जैसे मैं गधा न था—उनका सगा भाई या बाप था। आते ही कहने लगे, ''यह देखिए दुनिया-भर के पत्रों में आज आपके फोटो छपे हैं और मुखपृष्ठ पर ! आज तो आपने फारमूसा के संकट को भी पिछले पन्नों पर फेंक दिया। यह देखिए, चर्चिल का भाषण भी दूसरे पन्ने पर आया है।''

मैंने देखा, 'डेली मिरर' ने सात कालम की सुर्खी दी थी :

'बोलते हुए गधे की प्रधानमंत्री से भेंट; संसार का महान् चमत्कार' !

और 'न्यूयार्क टाइम्स' ने पहले पन्ने पर मेरे और फ्रांसिस के चित्र एक साथ प्रकाशित किए थे। इसके अतिरिक्त एक सम्पादकीय भी लिखा था, जिसका सारांश यह था कि अगर पण्डित नेहरू भारत के एक गधे को इण्टरव्यू दे सकते हैं तो हमारे प्रधान मेट्रोगोल्डविन मेयर के फ्रांसिस को क्यों इसका अवसर नहीं

दे सकते ? जितनी शीघ्र यह काम कर डाला जाए उचित होगा। अन्यथा पूरे एशिया में अमेरिका की प्रतिष्ठा खतरे में पड़ जाएगी।

'लन्दन टाइम्स' की सुर्खी थी :

'अब संसार के गधे भी युद्ध के विरुद्ध बोलने लगे, पश्चिम को खतरा।'

फ्रांस के कन्ज़रवेटिव पत्र 'ला मांदे' ने एक व्यंग्यात्मक सुर्खी जमाई थी :

'नेहरू का गधा–

पंचशील के पक्ष में !'

लेकिन 'ला मांदे' से कब न्याय की आशा की जा सकती है ! भारत के लगभग सभी पत्रों ने मोटे टाइप में मेरा इण्टरव्यू छापा था। बहुत-से पत्रों ने सम्पादकीय भी लिखे थे। और कई एक पत्रों ने इस बात पर कड़ी नुक्ताचीनी की थी कि क्यों पण्डितजी ने एक मामूली गधे को इण्टरव्यू दिया। अर्थात् जितने मुंह उतनी बातें। लेकिन इसमें कोई संदेह नहीं कि एक ही रात में मैंने अंतर्राष्ट्रीय महत्त्व प्राप्त कर लिया था और आज पूरे संसार में मेरी ही चर्चा थी।

''अजी ये तार तो देखिए !'' सेठ बरजूटिया ने तारों का बंडल दिखाते हुए कहा। अधिकतर तार बधाई के थे, लेकिन कुछ काम के भी थे।

"यह देखिए। यह तार कंचनजंगा पर्वत की चोटी छूने जा रही जर्मन टोली की ओर से आया है। उन्होंने लिखा है वे लोग बड़े प्रसन्न होंगे यदि आप केवल पहले दस हज़ार फुट तक उनके साथ चल सकें। वे इस बात की गारण्टी देते हैं कि आप पर कोई बोझ नहीं लादा जाएगा।"

"यह तार देखिए। प्रसिद्ध फिल्म डायरेक्टर ख्वाज़ा अहमद अब्बास और रमेश सहगल ने प्रार्थना की है कि आप उनकी नई फिल्म में काम करें, तनख्वाह दस हज़ार रुपया मासिक; आने-जाने के लिए हवाई जहाज़ का किराया अलग। आपके साथ काम करने के लिए नलिनी जयवन्त, सुरैया, नर्गिस से बातचीत हो रही है, देखिए किसे चुना जाता है।"

"यह तार देखिए। प्रसिद्ध फिल्म-स्टार गोप और भगवान आपके साथ मिलकर एक कामेडी फिल्म बनाना चाहते हैं। पब्लिसिटी में आपका नाम इन

दोनों से पहले दिया जाएगा। कहिए, स्वीकार है ?"

"यह 'दी ग्रेट रायल इण्डियन सरकस' की ओर से आफर है। वे लोग आपको लेकर योरोप के सफर पर जाना चाहते हैं।"

मैंने क्रोध से झुंझलाकर तारों के बंडल फर्श पर फेंक दिए। बरजूटिया ने शोक प्रकट करते हुए कहा, "लोग ऐसी ख्याति के लिए तरसते हैं और आप हैं कि इस प्रकार इन्कार कर रहे हैं। अजी साहब ! मुझे ऐसी ख्याति मिले तो मैं गधा तो गधा, सुअर तक बनने को तैयार हूं।"

मैंने क्रोधवश अपने दांत पीस लिए मगर कुछ न कह सका।

सेठ बरजूटिया ने कहा, "बाहर बहुत-से लोग आपसे मिलने की आशा लिए

बैठे हैं। मुलाकातियों का कमरा भर गया है।"

"मैं किसी से नहीं मिलूंगा।" क्रोधवश पूंछ हिलाते हुए मैंने कहा।

"कम से कम आप दिल्ली म्युनिसिपल कमेटी के चेयरमैन से तो मिल लीजिए।"

"हाय", मैंने घबराकर कहा, "क्या वे भी आए हैं ?"

"जी हां", सेठ बरजूटिया ने कुछ इस प्रकार आंख मारकर मुझसे कहा, मानो यह सब उसी का किया-धरा हो—"असल में दिल्ली म्युनिसिपल कमेटी आपको एक सम्मान-पत्र भेंट करना चाहती है।"

"मुझे ?" मैंने आश्चर्य से चिल्लाकर कहा, "एक मामूली गधे को; यह दिल्ली म्युनिसिपल कमेटी को हो क्या गया है ?"

"अब आप मामूली गधे नहीं रहे।" बरजूटिया ने प्रसन्नतावश चमकते हुए कहा, "अब आप भारत-विख्यात बल्कि विश्वविख्यात गधे हैं—संसार के महानतम गधे !"

"और यह केवल इसलिए कि मैं भूल से प्रधानमंत्री की कोठी में चला गया था और उन्होंने स्नेहवश मेरी पीठ पर हाथ फेरा और थोड़ी देर मुझ पर सवारी कर ली, केवल इसलिए ? आश्चर्य है साहब ! गधा मैं हूं या आप हैं ?"

बरजूटिया ने कहा, "अगर आप आज्ञा दें तो उन्हें बुला लूं ?"

"नहीं, नहीं", मैंने क्रोध से कहा, "नहीं साहब ! मैं इस योग्य नहीं हूं कि दिल्ली म्युनिसिपल कमेटी मेरी सेवा में सम्मान-पत्र प्रस्तुत करे।"

"अजी महाशय, आप क्या बात करते हैं !" बरजूटिया ने मुझे समझाते हुए कहा, "और देखिए, अब यह बड़ी बदतमीजी होगी। असल में मैंने आपकी ओर से हां कर दी है और अब वे लोग सब प्रबन्ध कर चुके होंगे। बाज़ारों में पोस्टर लग चुके हैं। शहर के माननीय व्यक्तियों को निमंत्रण-पत्र जा चुके हैं। ज़रा सोचिए तो सही, अगर आपने सम्मान-पत्र स्वीकार न किया तो लोग कितने निराश होंगे—और सुनिए—" बरजूटिया ने दबे कंठ से कहा, "मेरी खातिर आप इसे स्वीकार कर लीजिए। इससे हमारी पार्टनरशिप को बहुत लाभ पहुंचेगा।"

"कौन-सी पार्टनरशिप ?" मैंने झल्लाकर कहा।

"अरे रे ! इसका तो मुझे जिक्र ही नहीं करना चाहिए था", बरजूटिया हंसकर बोला, "अच्छा मैं जाता हूं। आपकी ओर से हां किए देता हूं। आपको उनसे मिलने का क्यों कष्ट दूं इस वक्त !"

"मगर सुनिए तो..."

मगर उसने कुछ न सुना और दूसरे कमरे में चला गया।

थोड़ी देर बाद क्या देखता हूं कि लड़कियों का एक पूरा दल कमरे में प्रविष्ट हुआ। लगभग सबकी सब कालिज की लड़कियां थीं। उन्होंने हंसते हुए,

खिलखिलाते हुए, कहकहे लगाते हुए मुझे घेर लिया। सबकी सब अपनी आटोग्राफ-बुक लिए मुझसे आटोग्राफ मांग रही थीं। उनकी आटोग्राफ-बुक पर शीला रमानी, देवानन्द, राज कपूर, दिलीपकुमार और दूसरे फिल्म-स्टारों के आटोग्राफ थे। और अब वे मेरे आटोग्राफ मांग रही थीं। कैसी हैं ये लड़कियां? जिन्हें एक दिलीपकुमार और एक गधे में कोई फर्क नज़र नहीं आता। सभी को एक ही आटोग्राफ से हांकती हैं। इनकी आंखें इस तथाकथित ख्याति से कितनी चुंधियाई हुई हैं !

जब मैं उन्हें आटोग्राफ दे रहा था, तो मैंने देखा, बरजूटिया एक लड़की को लिए विशेष रूप से मेरे आगे-पीछे घूम रहे हैं। आखिर मेरे पास आकर कहने लगे, "वह मेरी बेटी है—रूपवती। इसकी आटोग्राफ-बुक पर विशेष रूप से कुछ लिख दीजिए।"

मैंने रूपवती को देखा। लम्बी, पतली, छरहरी सुकुमार-सी लड़की थी। उसकी नज़र में विचित्र प्रकार की धृष्टता थी। स्वर अत्यन्त अपमानजनक और हर अदा अत्यन्त कृत्रिम। रूप-रंग से वह एक लड़की नहीं, एक चलती-फिरती गुड़िया दिखाई देती थी।

मैंने रूपवती से पूछा, "क्या लिखूं ?"

वह तुनककर बोली, "अब मैं क्या जानूं ! लिखना हो तो लिख दीजिए वरना ऐसी कोई जरूरत भी नहीं।" उसने अपनी आटोग्राफ-बुक बन्द कर दी।

"बेटी !" बरजूटिया ने उसे प्यार से परन्तु इतने धीमे स्वर में डांटा कि मुझे पता न चले। परन्तु मुझे पता चल गया। लड़की की दहकती नज़रें एकदम बुझ

गईं और अब उनमें चंचलता उत्पन्न हो गई।

"कोई अच्छा-सा आटोग्राफ दे दीजिए ना !" उसका कोमल हाथ मेरे कन्धे पर क्षण-भर के लिए रुक गया और उसने एक लम्बा-मीठा श्वास लिया और मुझे ऐसा लगा जैसे मैं सख्त संगमरमर के फिसलते हुए फर्शवाले कमरे में बन्द हूं। एक हरी दूबवाली गहरी चारागाह में हूं। मेरे चारों ओर सुगन्धित घास लहलहा रही है। ढलवानों पर चश्मे उबल रहे हैं। सुहानी धूप ने वृक्षों के आस-पास अपनी सुन्दर शतरंज बिछा रखी है और बादलों के सफेद-सफेद टुकड़े आकाश में उड़ानें भर रहे हैं।

एकाएक प्रसन्न होकर मैंने ज़ोर से अपनी ढींचू-ढींचू की हांक लगाई। वह साफ, खुली, निश्चिन्त जीवन से परिपूर्ण हांक ! जब गधा अत्यन्त प्रसन्न होता है और संसार को अपनी आत्मा के संगीत से गुंजा देता है, वही संगीत उस समय मेरे होंठों पर आया।

लेकिन मैंने देखा कि दूसरे ही क्षण लड़कियां मेरी आवाज़ सुनकर भाग गईं। बहुत-सी लड़कियां तो अपनी आटोग्राफ-बुक भी वहीं भूल गईं। कुछ क्षणों के बाद मैं अपने कमरे में अकेला खड़ा था।

मनुष्य कितना विचित्र जीव है ! उसे केवल अपनी प्रसन्नता में संगीत सुनाई देता है, दूसरे की प्रसन्नता अर्थहीन मालूम देती है।

11

❑ *निकलना गधे के जलूस का चांदनी चौक से और फूल बरसाना स्त्रियों का झरोखों में से। सम्मान-पत्र भेंट करना म्युनिसिपल कमेटी के प्रधान का और उत्तर गधे का*

पाठकगण ! अब मैं क्या निवेदन करूंगा कि किस ठाठ का जलूस दिल्लीवालों ने मेरा निकाला है ! लाखों लोगों की भीड़ थी, जो एक बोलते हुए गधे को देखने-भर आए थे। बेचारी स्त्रियां अपनी मूढ़ता के कारण बड़ी अन्धविश्वासी होती हैं। किसी ने उनके कान में डाल दिया कि मैं जो बोलता-चालता हूं, तो वह दैवी चमत्कार है। अर्थात् इस प्रकार की अनेकों बातें यार लोगों ने उन अन्धविश्वासी स्त्रियों के दिलों में डाल दीं। फलस्वरूप जब चांदनी चौक से मेरा जलूस गुजरा तो ऊपर मकानों की खिड़कियों से मुझ पर पुष्पवर्षा होती रही।

जलूस में बार-बार 'गधे की जय' के नारे गूंजते और जगह-जगह मेरी सवारी को ठहराकर दर्शनाभिलाषियों को मेरे दर्शनों का शुभ अवसर प्रदान किया जाता

और मुझसे कहा जाता कि आशीर्वाद अथवा धन्यवाद स्वरूप कुछ शब्द उनके सामने बोल दूं ताकि उन्हें विश्वास हो जाए कि मैं कोई बिलकुल गधा या 'फ्राड' नहीं हूं, सचमुच उनकी भाषा बोलता हूं।

अतएव मुझे कई स्थानों पर बोलना पड़ा। मेरे बोलते ही लोगों की हालत अजीब हो जाती थी। कई लोग मूर्च्छित तक हो जाते थे। बहुत-से लोग वहीं

घुटनों के बल गिरकर हाथ जोड़ने लगते या ज़मीन पर लेटकर साक्षात् दण्डवत् करने लगते। पूरे शहर पर एक प्रकार की धार्मिकता-सी छा गई थी और जैसा कि मुझे बाद में पता चला, यह सारा प्रबन्ध सेठ बरजूटिया ने किया था।

उस दिन मुझे खूब अच्छी तरह उबटन और सुगन्धियां मल-मलकर नहलाया गया था। जीवन में कभी मैंने अपने-आपको इतना साफ-सुथरा नहीं देखा था। एक बड़ी सुन्दर कढ़ी हुई झूल मेरी पीठ पर पड़ी हुई थी। सोने का झूमर मेरे माथे पर था और गले में फूलों के असंख्य हार पड़े हुए थे। दो सेवक मेरे साथ थे जो ब्रुश से हर दो सौ गज के बाद मेरे शरीर पर से धूल साफ कर देते थे क्योंकि रास्ते में धूल बहुत उड़ती थी। एक सेवक गुलाबदानी लिए मेरे साथ-साथ

चल रहा था और दो मिनट बाद मेरे शरीर पर गुलाब इत्र की वर्षा कर देता था। आज सुबह-सुबह सेठ बरजूटिया के नाई ने विशेष रूप से मेरी पूंछ की हजामत की थी, बालों को बड़े सुन्दर ढंग से काटा था और मेरे पैरों के नाखूनों को संवारा था। निःसन्देह आज मैं संसार का सुन्दरतम गधा दीख रहा था।

इस प्रकार मुझे टाउनहाल में ले जाया गया। मुझे देखते ही टाउनहाल के भीतर जितने माननीय सज्जन पधारे हुए थे, उठ खड़े हुए और अभिनन्दनस्वरूप हाथ जोड़कर पुनः अपने-अपने स्थान पर बैठ गए। मुझे स्टेज पर ले जाया गया। फिर विभिन्न सभाओं की ओर से मेरे गले में हार डाले गए और उपहार भेंट किए गए। म्युनिसिपल कमेटी के प्रधान ने अपने सम्मान-पत्र में कहा :

"जिस समय आप पहली बार हमारी म्युनिसिपल कमेटी में पधारे थे, उस समय हमें मालूम न था कि आप कौन हैं ? हमने आपको एक मामूली गधा समझा और लात मारकर बाहर निकाल दिया। आज हमें अपनी उस धृष्टता पर अत्यन्त खेद हो रहा है कि हमने संसार के एक महान् प्राणी के साथ ऐसा व्यवहार किया। यह जलसा उस दुर्व्यवहार की क्षतिपूर्ति तो नहीं कर सकता लेकिन हम इस भरे जलसे में बड़े सच्चे दिल से आपसे क्षमा-याचना करते हैं। श्रीमान् गधे जी ! आप हमें क्षमा कर दीजिए, यह हमारी आपसे प्रार्थना है।

"आप, आशा है, हमें अवश्य क्षमा कर देंगे क्योंकि आपका हृदय बहुत बड़ा है और आप बहुत बड़े गधे हैं। श्रीमान्जी ! जिस प्रकार आपने रामू धोबी के देहान्त पर उसकी विधवा पत्नी और उसके बच्चों के रोटी-पानी के लिए स्वयं पैदल चलकर, दफ्तर-दफ्तर घूमकर, कोशिश की है, उससे मालूम होता है कि आपके हृदय में निर्धनों के प्रति कितनी सहानुभूति है। आप गधे होकर भी मानवता का दुःख-दर्द अपनी छाती में छिपाए घूमते रहते हैं। काश ! हर मनुष्य आपकी तरह गधा होता।

"आपने निःस्वार्थ सेवा, शान्ति-प्रियता, सहानुभूति तथा मानव-प्रेम का जो उज्ज्वल उदाहरण प्रस्तुत किया है, उससे प्रभावित होकर म्युनिसिपल कमेटी आपको दिल्ली के नागरिक-अधिकार प्रदान करती है। अफसोस कि नई दिल्ली में गधों का दाखिला बन्द है वरना आपको वहां के स्थायी नागरिक-अधिकार भी प्रदान किए जाते।

"अस्तु, जो कुछ हमसे हो सका, प्रस्तुत है—स्वीकार कर अनुगृहीत करें।"

(लोगों की ओर से दस मिनट तक तालियों का शोर)

इस सम्मान-पत्र के बाद पशुओं को मानव-अत्याचारों से बचानेवाली सभा की ओर से एक सम्मान-पत्र प्रस्तुत किया गया। एक सम्मान-पत्र घुड़दौड़ के घोड़ों की देख-रेख करनेवाली सभा की ओर से पढ़ा गया और एक सम्मान-पत्र रेड़ीवालों की सभा की ओर से, जो अपनी रेड़ियों में गधे जोतते हैं, प्रस्तुत किया

गया। इन तीनों सम्मान-पत्रों में मेरी सेवाओं को सराहा गया था। उन सेवाओं में प्रत्येक सम्मान-पत्र में इतनी वृद्धि होती चली जा रही थी कि अब मैंने लज्जित होना छोड़ दिया था और अपनी सेवाओं पर विश्वास करने लगा था। रेड़ी वालों की सभा के सम्मान-पत्र के अन्तिम वाक्य कुछ इस प्रकार थे :

"आपने न केवल दिल्ली के गधों की बल्कि भारत-भर के गधों की लाज रख ली है। आपकी महान् सेवाओं को राष्ट्र कभी न भुला सकेगा। आपके कारण भारतीय गधों का सम्मान पूरे भारत में बढ़ गया है। भगवान् अंतकाल तक हम पर आपकी छत्रछाया बनाए रखें ताकि आप इसी प्रकार राष्ट्र की सेवा करते रहें इत्यादि..."

इन सम्मान-पत्रों के बाद मेरी बारी आई कि मैं धन्यवाद स्वरूप कुछ शब्द कहूं। अतएव मैं माइक्रोफोन हटाने लगा तो चेयरमैन ने फरमाया, "हजूर ! यह माइक्रोफोन है।"

मैंने कहा, "मुझे मालूम है कि यह माइक्रोफोन है। इसीलिए तो इसे हटा रहा हूं, क्योंकि मैं गधा हूं और मेरी आवाज़ इतनी ऊंची है कि मुझे माइक्रोफोन की ज़रूरत नहीं।"

अब जाकर चेयरमैन साहब मेरी बात को समझे। उन्होंने एक कर्मचारी को माइक्रोफोन हटाने को कहा और जब माइक्रोफोन मेरे सामने से हट गया तो मैंने भाषण शुरू किया :

"उपस्थित महिलाओं तथा सज्जनों ! यह दिल्ली है। यह वह दिल्ली है, जो सैकड़ों बार बसी और उजड़ी। उजड़ी और फिर बसी। यहां बड़े-बड़े बादशाह आए और अपनी शान-शौकत दिखाकर चले गए। यहां बड़े-बड़े गधे आए और अपनी-अपनी बोलियां बोलकर उड़ गए। आज भी आप अपने सामने एक गधे को देख रहे हैं, जिसमें इसके अतिरिक्त और कोई विशेषता नहीं है कि वह एक गधा होकर मुनष्य की बोली बोल सकता है। इसमें कोई विचित्र बात नहीं है। अगर एक इन्सान का बच्चा भेड़ियों में रहकर भेड़ियों के गुण-स्वभाव अपना सकता है तो एक गधा इन्सानों में रहकर क्यों इन्सानों के गुण-स्वभाव नहीं अपना सकता ? आपने मेरा सम्मान किया क्योंकि मैं एक गधा होकर इन्सानों

की-सी बात करता हूं लेकिन आपने उन लाखों इन्सानों का सम्मान नहीं किया जो इन्सान होकर गधों की-सी बात करते हैं।

"आपने बिलकुल उचित बात की, क्योंकि इन्सान-इन्सान है। उसमें समझ है, बुद्धि है, ज्ञान है, और ये समस्त गुण पशुओं के मुकाबले में उसे अधिक प्राप्त हैं, इसलिए वह हमसे प्रबुद्ध है।

"आज मुझे यहां से बोलने की ज़रूरत न पड़ती, अगर आज मैं महसूस न करता कि इन्सान अपनी परम्परा, अपनी जाति और अपने इतिहास के अनुभवों की उपेक्षा कर मृत्यु की भयानक घाटियों में खोता चला जा रहा है। आज वह जीवन की नहीं मृत्यु की तलाश कर रहा है। बड़े से बड़ा जीवन नहीं, बड़ी से बड़ी मृत्यु ! भयानक, भयंकर ! करोड़ों इन्सानों, गधों पशुओं, पेड़ों, पत्तों, झाड़ियों को जलाकर राख कर देने वाली मृत्यु ! आज इन्सान इस धरती पर स्वर्ग नहीं नरक उतारने पर उतारू है। आज इन्सान के इस व्यवहार से न केवल गधों को बल्कि संसार के हर पशु को खतरा है, हर पेड़ को खतरा है, हर पत्ते को खतरा है।

"इसलिए एक बेज़बान गधा होते हुए भी मैं इन्सानों की ज़बान में तुम लोगों से कहने आया हूं—ऐ इन्सान ! ऐ आदरणीय भाई ! आज तेरे कारण हर जीव-जन्तु को खतरा है। जंगल के शेर से लेकर झील में खिलते हुए कमल तक हर शानदार चीज़ को खतरा है। हम तेरे भाई हैं। विकास के मार्ग में तुझसे बहुत पीछे हैं, लेकिन जीवन के मार्ग में तुझसे बहुत निकट हैं। अपनी स्वार्थपरता तथा विद्वेष के कारण शायद तुझे यह अधिकार तो प्राप्त है कि तू अपने शत्रु की हत्या कर डाले लेकिन तुझे यह अधिकार प्राप्त नहीं कि तू इस धरती पर से एटमी मृत्यु द्वारा पूरा जीवन नष्ट कर डाले।

"अगर तुझमें इन्सानों की-सी सूझ-बूझ नहीं रह गई है तो गधों की बुद्धि से काम ले। एक खरगोश की बुद्धि से काम ले। देख, भेड़िया किस प्रकार अपने बच्चों की रक्षा करता है। वृक्ष के तने में जीवन का रस कैसे दौड़ता है। पत्ता सूरज के प्रकाश से कैसे खाद्य पदार्थ प्राप्त करता है। काश ! तू गधे की नहीं तो एक पत्ते की बुद्धि से काम ले सके।"

"ऐ मेरे इन्सान ! ऐ मेरे आदरणीय भाई ! मृत्यु की ओर से लौट आ। इस भूमण्डल पर चारों ओर सहमा-सहमा जीवन, उदास जीवन तेरे हाथों की ओर देख रहा है। तू हमें क्या देगा ? बम या जीवन ? अस्तित्व या अनस्तित्व ?"

उस दिन सेठ मनसुखलाल ने अपनी कोठी पर मेरे सम्मान में एक बहुत बड़ी दावत का प्रबन्ध किया था। दावत इस रूप से बड़ी नहीं थी कि उसमें बहुत-से लोग आए थे बल्कि इसलिए बड़ी थी कि उसमें बड़े-बड़े लोग आए थे अर्थात् वे लोग जिन्हें यहां की सोसायटी में बड़ा समझा जाता है। शहर के लगभग दो

सौ सम्मानित सज्जन पधारे थे। प्रत्येक की कोशिश यह थी कि किसी प्रकार मुझसे हाथ मिलाए, मुझसे बातें करे, मेरे साथ उसका फोटो उतरे। ये बड़े लोग भी भीतर से कितने छोटे होते हैं ! सस्ती ख्याति के कितने भूखे होते हैं ! यहां मैं यह भी अवश्य कहूंगा कि इनमें से कुछ लोग ऐसे भी थे जिन्हें मेरे साथ फोटो खिंचवाने पर आग्रह नहीं था बल्कि देखने में मुझसे बात तक न करना चाहते थे। उनमें से एक करोड़पति सेठ भाटिया जी थे, जो कई बैंकों, कारखानों, बिल्डिंगों के मालिक थे। उनके सेक्रेट्री ने दावत के दौरान आकर मेरे कान में कहा, ''सेठ भाटिया जी आपसे मिलना चाहते हैं, अकेले में, आप कोई समय कीजिए।''

अभी मैं कोई उत्तर सोच भी न पाया था कि सेठ मनसुखलाल जी मुझे वहां से हटाकर मेहमानों की दूसरी पार्टी की ओर ले गए और फिर वहां पर मेरा वही परिचय शुरू हुआ और वही लम्बी-चौड़ी बेसिर-पैर की बातें सुनने में आईं। फिर वहां भी एक रोबीला व्यक्ति, जो चेहरे-मोहरे से किसी स्टेट का महाराजा मालूम होता था, मगर बाद में लाला हरदयाल पुशकरनी का मुनीम मालूम हुआ, मुझे एक ओर ले जाकर कहने लगा, ''उस पच्चीस करोड़ रुपये की स्कीम के बारे में हमारे सेठ पुशकरनी जी आपसे बात करना चाहते हैं।''

अभी मैं उनसे भी कुछ न कह पाया था कि सेठ मनसुखलाल जी हांफते हुए मेरे सामने आए और बोले, ''वह लेडी 'सारेगामा गाओ' हैं ना, जो विलिंगडन क्लब की प्रधान भी हैं, उन्हें आपसे मिलने की बड़ी उत्सुकता है।''

मैंने कहा, ''यह सारेगामा तो भारतीय संगीत की आधी सप्तक है।''

वे बोले, ''नहीं, यह उनका नाम है। हां, भारतीय संगीत में उन्हें दिलचस्पी अवश्य है। खैर, आप चलकर उनसे मिलिए तो सही।''

इसके बाद वे मेरे गले में हाथ डालकर और पुशकरनी जी के मुनीम की ओर तीखी नज़रों से घूरकर, मानो यह कहकर कि 'अच्छा, तुम्हारा यह साहस कि मेरे ही शिकार पर हाथ साफ करना चाहते हो', मुझे अपने प्रतिद्वन्द्वियों के चंगुल से निकाल लेडी सारेगामा गाओ की ओर ले चले। लेकिन रास्ते में कुछ महिलाओं ने घेर लिया।

मिसेज़ गुलालचन्द, जिनका चेहरा सुर्खी लगाने से सचमुच गुलाल हो रहा था, बोलीं, "मनसुखलाल जी ! हमें भी तो आज के 'हीरो' से मिलाओ।"

मनसुखलाल जी ने इधर-उधर देखा। पांच-छः महिलाएं थीं। ये सब बड़े-बड़े सेठों-सौदागरों की दूसरी या तीसरी या चौथी पत्नियां थीं। ये नये दौलतिए लोगों की नई पत्नियां थीं। पुरानी गंवारू पत्नियां जो वे अपने गांवों से लाए थे, जिन्होंने उनके लिए सात-आठ बच्चे जने थे, एक धोती में निर्वाह किया था और एक-एक पाई संभालकर रखी थी, वे पत्नियां अब नई परिस्थितयों में 'परित्यक्ता' हो गई थीं। जैसे कुछ शब्द शब्दकोश से बाहर हो जाते हैं, उसी प्रकार वे पत्नियां अब नये समाज के तकाजों को पूरा करने के अयोग्य थीं, इसलिए समाज से बाहर हो गई थीं। इस समाज में बदन की सुन्दरता, बाल रूम की नग्नता और फरटिदार अंग्रेज़ी बोलना कितना आवश्यक था ! इससे अधिक इन बेचारी स्त्रियों के पास कुछ और था भी नहीं, अर्थात् यदि उनके मस्तक के कपबोर्ड के हिस्से बराबर कर दिए जाएं, तो एक खाने में आपको कुछ साड़ियां मिलेंगी, एक में कुछ शृंगार की थोड़ी-सी सामग्री, एक खाने में कुछ सैंडल मिलेंगे, एक खाने में अंग्रेज़ी के मुश्किल से डेढ़-दो सौ शब्द मिलेंगे, एक खाने में पालतू बन्दर, मैना, कुत्ते घुसे होंगे। हां, बच्चों वाला खाना खाली होगा। लेकिन इस नये समाज में, जो नित्य नये प्रोजेक्टों, डैमों और ठेकों के कारण उत्पन्न हुआ था, इन स्त्रियों की हैसियत प्रमाण सिद्ध थी। इनमें से कोई तो सीमेन्ट गर्ल कहलाती थी, जिसने अपने पति को सीमेन्ट का परमिट लेकर दिया था। कोई आयरन गर्ल, कोई पेपर गर्ल, तो कोई हेवी मशीनरी गर्ल। एक सेठ ने ताबड़-तोड़ सात विवाह किए थे। केवल इसी एक बात से पता चलता था कि उस सेठ का धंधा कितना फैला हुआ था।

सेठ मनसुखलाल ने इधर-उधर बड़ी विवशता से देखा। फिर उन पांच-छः महिलाओं की ओर देखा और उसे हर तरफ मगरमच्छ ही मगरमच्छ नज़र आए, जो उस गरीब के पच्चीस करोड़ के ठेके को निगल जाने के लिए बेचैन नज़र आते थे। इससे पूर्व कि वह मुझे उनके चंगुल से बचाने के लिए कोई अच्छा-सा बहाना ढूंढ़ सकता, सोफे पर बैठी हुई उन महिलाओं ने उठकर मुझे चारों ओर से घेर लिया।

मिसेज़ गुलालचन्द बिल्ली की तरह खर-खर करती हुई मेरे कानों पर हाथ फेरकर बोली, "हाउ स्वीट !"

"एण्ड हाउ हैंडसम !" मिसेज़ दुल्ला रानी मेरे माथे पर हाथ फेरकर बोली, "यह तो मिस्टर गाउल्ज़ से भी हैंडसम हैं—याद है कमला !"

कमला को खूब याद था क्योंकि कमला जिस सेठ की तीसरी पत्नी थी, उसे

एक बार मिस्टर गाउल्ज़ से काम पड़ा था। मिस्टर गाउल्ज़ एक विदेशी इन्जीनियर था और यहां एक प्रोजेक्ट के सम्बन्ध में आया था, यद्यपि बाद में निकाला गया। लेकिन इतने समय में कमला के सेठ ने आठ लाख का सौदा कर लिया था। कमला को अच्छी तरह याद था। क्योंकि उन दिनों मिसेज दुल्ला रानी और कमला में उस ठेके के सम्बन्ध में बहुत चल गई थी। दोनों मिस्टर गाउल्ज़ को अत्यन्त सुन्दर समझती थीं मगर आखिर में पलड़ा कमला का भारी रहा।

कमला का बदन अत्यन्त सुन्दर था। ऐसा नपा-तुला, ढला-ढलाया कि यह बदन भगवान द्वारा नहीं फोर्ड मोटर कम्पनी में तैयार किया हुआ मालूम होता था। उसकी आवाज़ इतनी मधुर थी कि किसी स्त्री की आवाज़ नहीं, प्यानो का सुर मालूम होती थी। उसकी चाल, जिस पर विलिंगडन क्लब का हर मेम्बर मोहित था सचमुच इस कयामत की थी कि मालूम होता था, उसके पांव गुडइयर कम्पनी ने विशेष रूप से, नये टायरों की बनावट को अच्छी तरह समझकर बनाए हैं। कमला का दिल–बस यही एक खराबी कमला में थी कि उसके दिल नहीं था। वहां पर एक परमिट का फार्म था, एक रजिस्ट्रेशन का कागज़ था, एक ठेके का टेंडर था मगर दिल नहीं था। जो लोग उस पर मोहित होते थे और उसे ठेका नहीं देते थे, उन्हें बहुत शीघ्र इसका पता चल जाता था और जो देते थे, उन्हें भी पता चल जाता था, मगर ज़रा देर के बाद, जब ठेका उनके हाथ से निकल चुका होता था।

कमला ने अपनी बड़ी-बड़ी सुन्दर आंखें मेरी आंखों में डाल दीं और मधुरतम स्वर में बोली, "तुम ? पुअर डंकी ! सचमुच बड़े डार्लिंग हो।" उसने मेरी पीठ पर यों धीरे से हाथ फेरा कि मुझे लगा–जिधर-जिधर से उसका हाथ जा रहा है, वहां की खाल मक्खन की तरह चिकनी होती जा रही है। मैं उसके इश्क में मूर्च्छित होकर गिरने ही वाला था कि सेठ मनसुखलाल की सुपुत्री अर्थात् रूपवती ने ठीक उसी समय आकर मुझे संभाला दे दिया। उसने आते ही ऐसी क्रोध-भरी नज़रों से घूरकर कमला की ओर देखा कि कमला तुरन्त मेरी पीठ पर से हाथ हटाकर पलट गई। मगर जाते-जाते अपनी साड़ी का पल्ला संभालकर अपनी नाजुक लोच दिखा गई।

मिस रूपवती ने मुझसे कहा :

"आप फिर आ जाइएगा। इस समय इनसे क्षमा मांग लीजिए। लेडी सारेगामा गाओ आपको कब से याद कर रही हैं !"

मैंने दबे स्वर में उन महिलाओं से क्षमा मांगी और मिस रूपवती के साथ आगे बढ़ गया, तो पीछे से एक महिला की आवाज़ सुनाई दी–"छीः ! कमीनी !"

शायद यह संकेत रूपवती की ओर था।

लेडी सारेगामा गाओ बड़ी-बड़ी बादामी आंखों वाली, चौड़ी छाती वाली, भारी कूल्हों वाली, मोटी-ताज़ी रोबीली महिला थी। उसके बाल आधे काले आधे सफेद थे। उसके बोलने तथा हंसने का ढंग उसे हर जगह अन्य स्त्रियों से अलग कर देता था। यों भी तो उसकी मुखाकृति में नारीत्व की बजाय एक विचित्र प्रकार के पौरुषेय तेवर पाए जाते थे। ऐसा मालूम होता था कि उसे बनाते समय भगवान् इस दुविधा में पड़ गया था कि उसे पुरुष बनाए अथवा स्त्री। लेडी सारेगामा गाओ भगवान् की इसी दुविधा की साक्षात् प्रतीक थी।

मुझे देखते ही वह अपने सोफे पर से उठी और मेरा दाहिना कान अपने बायें हाथ से ज़ोर से खींचकर बोली, "कैसे हो नौजवान !"

"अच्छा हूं मादाम !" मैंने झुककर कहा।

लेडी सारेगामा गाओ ने एक ज़ोरों का पौरुषेय कहकहा लगाया और मेरी पीठ पर एक ज़ोर का हाथ मारते हुए, जिसने शायद मेरी एक-आध पसली तोड़ दी होगी, कहा, "देखा ! मैंने तुम्हें कितनी जल्द पहचान लिया !"

मैंने कहा, "गधा हज़ार आदमियों में भी पहचाना जाता है। लेकिन खूबसूरत दिमाग वाली स्त्री हज़ार सुन्दर स्त्रियों में भी नहीं पहचानी जा सकती है।"

"हा, हा, हा।" लेडी सारेगामा गाओ ने फिर एक ज़ोरदार कहकहा लगाया और मेरी पीठ पर दूसरा हाथ मारकर और शायद दूसरी पसली भी तोड़कर बोली, "मेरे पति से मिलो ! सर सारेगामा गाओ।"

सर सारेगामा गाओ बहुत दुबले-पतले और शरमीले व्यक्ति थे। होंठों ही होंठों में कुछ गुनगुना कर रह गए। ऐसे लिजलिजे, बेकमर, बेरीढ़ की हड्डी के दिखाई देते थे मानो अपनी सारी हड्डियां-पसलियां शरीर से निकलवाकर बैंक के किसी लॉकर में रख आए हों ताकि पत्नी के हस्तक्षेप से सुरक्षित रहें। लेडी सारेगामा गाओ के पीछे-पीछे वह इस तरह चलते थे जैसे कोई नन्हा-सा पैकनीज़ कुत्ता अपनी मालकिन के पीछे पों-पों करते चलता है।

लेडी सारेगाम गाओ ने मुझे अपने पति की ओर घूरते हुए देखकर कहा, ''इनकी ओर अधिक मत घूरिए, वरना अभी इनका हार्ट फेल हो जाएगा।''

सर सारेगामा गाओ का चेहरा कानों तक सुर्ख हो गया। दूसरे क्षण में गरदन तक पीला हो गया। होंठ भी पीले पड़ गए। उन्होंने कुछ बोलने का प्रयत्न किया, लेकिन सफल न हो सके।

लेडी सारेगामा गाओ ने कहा, ''आपकी बुद्धिशीलता की बड़ी प्रशंसा सुनी है और इस समय मामला भी एक ऐसा आन पड़ा है, जिसका फैसला कोई बुद्धिजीवी कर सकता है।''

''मैं तो मामूली गधा हूं।''

लेडी सारेगामा गाओ ने कहा, ''अब आप बनिए नहीं। हम सब जानते हैं। बात असल में यह है, मेरे निकम्मे गधे ! कि कल शाम को हमारे विलिंगडन क्लब में सौन्दर्य-प्रतियोगिता है। शहर की सुन्दरतम स्त्रियां इस प्रतियोगिता में भाग ले रही हैं। हम चाहते हैं कि इस बार इस प्रतियोगिता का फैसला करने के लिए किसी आदमी को जज नियत न किया जाय, बल्कि तुम्हें—एक गधे को—उसका जज नियत किया जाए।''

''वह क्यों ?'' मेरी दिलचस्पी ज़रा बढ़ी इसलिए मैंने यह प्रश्न किया।

वह बोली, ''इसलिए कि आदमी औरतों को हमेशा दिलचस्पी की नज़र से देखते आए हैं।''

''आपको कैसे मालूम है कि एक गधा नहीं देख सकता ?''

लेडी सारेगामा गाओ हंसकर बोलीं, ''कोई बात नहीं। मगर अबके हम तुम्हें ही इस सौन्दर्य-प्रतियोगिता का जज बनाते हैं। एक तो भई, हमारे यहां क्लब में पुरुषों में ऐसी चलती है कि हर व्यक्ति अपनी प्रेमिका के पक्ष में राय देने पर तुला हुआ है। मतलब यह कि हर किसी को किसी न किसी में दिलचस्पी है। इस स्थिति में कोई निष्पक्ष व्यक्ति ढूंढ़ निकालना बहुत कठिन है। सौभाग्य से तुम्हारे आगमन ने इस समस्या का लगभग समाधान कर दिया है। लगभग इसलिए क़ि हम नहीं जानते कि तुम स्त्रियों के बारे में कुछ जानते भी हो या नहीं ?''

मैंने कहा, ''मैं एक गधा हूं, इसलिए इस बारे में जो बात मैं नहीं जानता, वह संसार-भर में कोई भी आदमी नहीं जान सकता।''

''वह कैसे ?''

मैंने कहा, ''अगर आपने इतिहास का अध्ययन किया है तो आपको मालूम होगा कि रोमन साम्राज्य के काल में सुन्दर स्त्रियां केवल गधी का दूध पीती थीं क्योंकि गधी के दूध के पौष्टिक तत्त्व मनुष्य की माता के दूध के पौष्टिक तत्त्वों से मिलते-जुलते हैं। मैं यह कोई मज़ाक की बात नहीं कह रहा हूं। आप आज

ही किसी डाक्टर से पुष्टि करवा सकती हैं। अतएव उस युग में स्त्रियां सौन्दर्य-वर्द्धन के लिए गधी का दूध पीती थीं और उसी के दूध से स्नान भी करती थीं, ताकि त्वचा श्वेत तथा चिकनी रहे। इसी कारण से रोमन साम्राज्य के दिनों में स्त्रियों की त्वचा इतनी श्वेत, चिकनी और सुन्दर होती थी। अब, जब से स्त्रियों ने गधों के बजाय कुत्ते पालने शुरू किए हैं और दूध से स्नान करने के बजाय पाउडर लगाना शुरू किया है, उनकी त्वचा कुरूप से कुरूपतर होती जा रही है। मादाम ! यह मैं ही जानता हूं कि बहुत-सी सुन्दर स्त्रियां अपने लिपस्टिक-पाउडर के नीचे कितनी कुरूप होती हैं।''

लेडी सारेगामा गाओ, जो पौरुष तथा नारी-कुरूपता के कारण सारे क्लब में प्रसिद्ध थीं और लिपस्टिक-पाउडर बिलकुल नहीं लगाती थीं, मेरी इस अज्ञानतः प्रशंसा से बहुत प्रसन्न हुईं। बोलीं, ''बस ! बस ! कल की सौन्दर्य-प्रतियोगिता के आप ही जज हैं। मगर एक बात याद रखिएगा। कहीं आप हम स्त्रियों के सौन्दर्य को किसी गधी के सौन्दर्य की कसौटी पर मत कसिएगा। उदाहरणस्वरूप एक स्त्री की दो टांगें होती हैं।''

''और एक गधी की चार होती हैं'' मैंने कहा, ''और एक केंकड़े की आठ होती हैं और हज़ार-पाये की हज़ार टांगें होती हैं। जी नहीं, आप निश्चिंत रहिए, मैं दो टांगों वाले पशुओं के सौन्दर्य की कसौटी चार टांगों वाले पशुओं से बिलकुल अलग समझता हूं।''

''बड़ी कृपा होगी आपकी। कल आप साढ़े छः बजे विलिंगडन क्लब में पधारिए। मैं अपनी गाड़ी...मेरा मतलब है एक ट्रक भिजवा दूंगी। मुझे आशा है, आपके आतिथ्यकर्ता सेठ मनुसखलाल को कोई आपत्ति नहीं होगी।''

सेठ मनसुखलाल जी अब तक इस बातचीत के परिणाम से भयभीत थे, किंचित सन्तुष्ट होकर बोले, ''जी नहीं ! आप हमारे अतिथि का सम्मान कर रही हैं तो इसमें तो हमारा भी सम्मान है। अगर आप आज्ञा दें तो मैं स्वयं भी उस शुभ अवसर पर उपस्थित होऊं। इसलिए भी कि मेरी सुपुत्री रूपवती भी सौन्दर्य-प्रतियोगिता में भाग ले रही है।''

''हाउ स्वीट !'' लेडी सारेगामा गाओ ने बड़ी घृणा से रूपवती के बांके सजीले शरीर की ओर देखकर कहा, ''मेरा ख्याल है सेठ जी ! आपकी बेटी इस बार अवश्य ही पहले नम्बर पर आएगी।''

मिस रूपवती कहां पीछे रहनेवाली थी। तुरन्त बोल उठी, ''वह तो ठीक है, मगर जब से आपने एक गधे को जज बनाया है, सम्भावना आपके चुने जाने की अधिक है।''

क्षण-भर के लिए लेडी सारेगामा गाओ का मुंह खुले का खुला रह गया। दूसरे ही क्षण उसने सिटपिटाकर अपने पति की ओर देखा, जो उसे सिटपिटाते

देखकर बिलकुल घबराकर दो कदम पीछे हट गया था। आखिर बड़ी मुश्किल से लेडी सारेगामा गाओ ने अपने क्रोध को वश में करके मुझसे कहा :

"तो डार्लिंग ! कल तुम ज़रूर आ जाना।"

मैंने झुककर कहा, "ज़रूर आऊंगा, मादाम !"

धीरे-धीरे दावत समाप्त हो गई। रात के लगभग ग्यारह बजे आखिरी मुलाकाती भी हाथ मिलाकर विदा हुए। मिस रूपवती सिर दर्द का बहाना करके अपने शयनागार में सोने के लिए जा चुकी थी। अब ड्राइंग-रूम में केवल सेठ मनसुखलाल और मैं शेष रह गए थे। आज की पार्टी बहुत सफल रही थी। जो सम्मान मुझे मिला, जिस प्रकार लोगों ने मुझे चूमा, गले से लगाया, प्यार किया, उसमें कितना स्नेह, शिष्टता तथा मानवता निहित थी। और यह सब सेठ मनसुखलाल का किया हुआ था।

"यह भद्रपुरुष !" मैंने सेठ मनसुखलाल की ओर कृतज्ञ नज़रों से देखते हुए मन में कहा, "यह आदमी मनुष्य होकर एक गधे के लिए क्या कुछ कर रहा है ! सच है, अभी संसार में परमार्थ का अन्त नहीं हुआ। अभी हमारे देश में सेठ मनसुखलाल ऐसे चरित्रवान व्यक्ति मौजूद हैं।"

आज की दावत बहुत अच्छी थी। विशेष रूप से, जो घास मुझे खिलाई गई, वह बहुत स्वादिष्ट थी। सुना है, वह घास बम्बई से खास तौर पर पारवी के इलाके से, जहां की घास बहुत प्रसिद्ध है, हवाई जहाज़ द्वारा मंगवाई गई थी।

धीरे-धीरे मेरा मस्तिष्क इस वातावरण को स्वीकार करने लगा था। अर्थात् यह सुन्दर वातावरण मुझे रास आने लगा। अत्यन्त हर्ष से मैंने अपने पांव नचाए, पूंछ हिलाई और फिर एक जोर की ढीचूं लगाई। आज जी हल्का हो गया था—फूलों की तरह हल्का-फुल्का।

मैंने सेठ से कहा, "आज मेरा जी चाहता है कि बाहर जाकर आपके बाग में घास पर लोटूं।"

सेठ ने कहा, "चलिए, बाहर लॉन पर जितना चाहें लोट लीजिए, आपका अपना घर है।"

'ये सेठ कितना अच्छा आदमी है !' मैंने अपने दिल में कहा और फिर उसके साथ ड्राइंग-रूम में से गुज़रकर बाहर बरामदे में आ गया, लेकिन बरामदे से गुज़रकर बाहर लॉन में जाने ही लगा था कि मेरी नज़र एक ऐसे फटेहाल व्यक्ति पर पड़ी, जो दो गधों की रस्सियां थामे चुपचाप खड़ा था।

"यह कौन है ?" मैंने सेठ से पूछा।

सेठ बोला, "अरे, ओह ! कितनी भूल हुई ? ये बेचारे तो आपसे मिलने के लिए कब से आए खड़े हैं। दावत के दौरान इतनी गड़बड़ रही कि मैं इन्हें बिलकुल भूल ही गया।" सेठ ने फटे वस्त्र पहने हुए व्यक्ति की ओर संकेत करके

कहा, "यह आदमी बाराबंकी से आया है। इसने समाचार-पत्रों में आपका चित्र देखा है और कहता है कि इसने आपको पहचान लिया है। इसका ख्याल है", सेठ व्यंग्यपूर्ण मुस्कराहट चेहरे पर लाते हुए बोले, "यह आपका बाराबंकी का मालिक है—आपको वापस ले जाने आया है। क्या आप इसे जानते हैं ?"

मैंने तुरन्त कहा, "मैं इसे बिलकुल नहीं जानता।"

"अरे, तुम मुझे नहीं जानते !" उस गरीब कुम्हार ने आगे बढ़कर मेरे घुटने छूते हुए कहा, "मेरे धबडू ! तुम मुझे भूल गए। मैं तुम्हारा धब्बू हूं। बाराबंकी में ईंटें ढोनेवाला। याद करो वे दिन, जब तुम सैयद करामतअली शाह की कोठी पर ईंटें ढोने के लिए जाया करते थे।"

"यह क्या बकवास है ?' मैंने क्रोधवश जल-भुनकर कहा, क्योंकि वह सच कह रहा था, "मैं किसी सैयद करामतअली को नहीं जानता। न मैंने आज तक कभी ईंटें ढोई हैं। न मेरा नाम कभी धबडू रहा है। ज़रा देखिए तो !" —मैंने सेठ की ओर मुड़कर कहा, "कहां मैं, कहां यह धबडू नाम का फर्जी गधा !"

"जी हां, बिलकुल ठीक कहते हैं आप।" सेठ मनसुखलाल ने मेरे कंधे पर हाथ रखकर कहा, "मुझे उसी वक्त सन्देह हुआ था, जब इस आदमी ने आकर अपने-आपको आपका पहला मालिक बताया। मगर मैंने कहा, आपसे मिला दूंगा। आगे आप जानें, वह जाने।"

धब्बू की आंखों में आंसू आ गए और बोला, "धबडू ! इतनी जल्दी मुझे भूल गए। अरे, मुझे नहीं पहचान सकते, तो अपने इन माता-पिता को तो पहचान लो।" इतना कहकर धब्बू ने रस्सियों को झटका दिया और उन दो बूढ़े गधों को मेरे सामने ला खड़ा किया।

जब तक ये दोनों गधे वृक्ष की अंधेरी छाया में खड़े थे. मैंने उन्हें पहचाना न था। लेकिन अब जब ये सामने आए, तो बिजली के प्रकाश में मैंने उन्हें तुरंत पहचान लिया। उनके मरियल शरीर, घावों से भरी खाल, भूख के कारण सूखकर लटके हुए होंठ, चुंधियाई तथा मैल से चिपचिपाती हुई आंखें; उनकी खाल जगह-जगह से गन्दी और घिनौनी हो रही थी। और उस पर मक्खियां भिनभिना रही थीं। क्षण-भर के लिए दुर्गन्ध से मेरे नथुने बन्द हो गए।

इससे पूर्व कि वे दोनों बूढ़े कुछ कह सकते, मैंने चिल्लाकर कहा, "यह क्या बेहूदगी है ? मेरे माता-पिता ऐसे होंगे, ऐसे ज़लील, ऐसे घिनौने पशु ! अरे सेठ साहब ! मैं तो असली—मेरा मतलब है, असली हर्टफोर्डशायर के विलायती गधों की सन्तान से हूं, जहां के गधे आज भी लार्ड माउटंबेटन के अस्तबल में जाते हैं। ऐसे सम्भ्रांत, कुलीन गधे को आप इनसे मिला रहे हैं।"

"कैसी बातें करते हैं आप !" सेठ ने कानों पर हाथ रखते हुए कहा, "मुझे पहले ही से संदेह था कि ये ज़लील लोग आपके माता-पिता तो क्या, दूर के

सम्बन्धी भी नहीं हो सकते।''

''बेटा !'' मेरा पिता अपने नथुने फड़फड़ाते हुए धीरे से बोला।

सेठ मनसुखलाल ने, जो गधों की बोली नहीं समझता था, परन्तु चिल्लाकर एक नौकर से कहा, ''इस बदमाश धोखेबाज़ को, इसके गधों समेत यहां से निकाल बाहर करो !''

बूढ़ा धब्बू मेरे पांव पड़ गया और बोला, ''कितनी आशाएं लेकर तेरे पास आया था धबडू ! कैसी-कैसी अभिलाषाएं लेकर तेरे बूढ़े माता-पिता तेरे पास आए थे और तू हमसे ऐसा व्यवहार कर रहा है ! मेरी जान ! तुझे तो मैंने बचपन से पाला है। मैं तो कर्ज़ लेकर रेलगाड़ी का टिकट कटाकर आया हूं। इन्हें भी बड़ी मुश्किल से मालगाड़ी में लाया हूं। अब तो वापस जाने के लिए पैसे भी नहीं धबडू।''

मैंने सेठ से कहा, ''ज़रूर इसे कोई गलतफहमी हो रही है। असल में गधों का रूप-रंग एक-दूसरे से बहुत मिलता-जुलता है ना ! इसीलिए यह गलतफहमी हो रही है। इस बेचारे का इसमें अधिक दोष नहीं है। मेरे ख्याल में इसे रेल का किराया और कुछ रुपये देकर चलता करना चाहिए।''

सेठ मनसुखलाल ने बूढ़े को एक सौ रुपये का नोट देकर कहा :

''खबरदार ! जो इसके बाद तूने इधर कदम भी रखा या किसी से कहा कि तू (मेरी ओर संकेत करके) इनका कभी मालिक था, या ये लोग इनके माता-पिता थे। हमारे साहब तो असली खानदानी गधे हैं। वे तो यहां के हैं ही नहीं। वे तो पिछले सोहल सौ साल से एक ही कुल से चले आ रहे हैं। किसी वंश में लहू नहीं बिगड़ा। विश्वास न आए, तो वंशावली उठाकर देख लो। इन जैसा सच्चा शुद्ध वंश तो मनुष्य में भी ढूंढ़ने से नहीं मिलेगा।''

''सच है माई-बाप ?'' बूढ़े ने हाथ जोड़कर कहा, और फिर उन दोनों बूढ़े गधों को रस्सी से खींचता हुआ कोठी से बाहर चला गया।

जब वे तीनों अभागी आत्माएं कोठी से बाहर निकल गईं, तो मेरी जान में जान आई। मैंने कुछ क्रोध से और कुछ बनकर सेठ की ओर मुड़कर कहा, ''देखिए ना ! यानी देखा आपने कितना...यानी कि...'' क्रोधवश मुझसे बात नहीं कही जा रही थी।

सेठ मनसुखलाल ने सिर हिलाकर हामी भरी, ''मैं समझता हूं, मैं सब समझता हूँ, ज़माना देखे हुए हूँ श्रीमान् जी ! यह कोई नई बात नहीं है ! इस संसार में यही कुछ होता है। जहां किसी व्यक्ति ने ज़रा भी उन्नति की, चाहे वह गधा ही क्यों न हो, तुरंत उसके माता-पिता, मित्र-हितैषी, सगे-सम्बन्धी पैदा हो जाते हैं और तरह-तरह से वंशावली मिलाकर उससे अपना नाता जोड़ने में सफल हो जाते हैं। जाने ये लोग बरसाती मेढकों की तरह किधर से आ जाते हैं ?''

"हां, देखिए तो !" मैंने उसी प्रकार क्रोध से कहा। भीतर से मुझे ज़रा भी क्रोध नहीं आ रहा था, बल्कि दुःख था कि मैंने अपने माता-पिता को इस हालत में क्यों वापस जाने दिया। मगर परिस्थिति ऐसी थी कि मुझे ऊपर से क्रोध आना ही चाहिए था।

सेठ मनुसखलाल ने बड़े स्नेह से मेरी पीठ पर हाथ फेरा और बोले, "चलिए, भीतर चलिए।"

हम दोनों धीरे-धीरे ड्राइंग-रूम की ओर देख रहे थे। सेठ पूर्ववत् स्नेहपूर्वक मेरी पीठ पर हाथ फेर रहे थे और कहते जाते थे :

"श्रीमान् जी ! एक बात तो है। आपको बहुत छोटी आयु में ख्याति प्राप्त हो गई है। आपको यदि माता-पिता की नहीं, तो एक ऐसे व्यक्ति की आवश्यकता अवश्य है, जो आपका ख्याल रख सके।"

"ख्याल ?" मैं सोचने लगा।

'आपसे प्रेम कर सके।"

"प्रेम !" मेरी आंखें चमकने लगीं।

"जो आपकी दिनचर्या की ज़िम्मेदारियां पूरा करने के लिए आपको प्रफुल्लता प्रदान कर सके।"

"प्रफुल्लता !" यह स्निग्ध झोंका किधर से आ रहा था ?

"जो वास्तविक शब्दों में आपका जीवन-साथी बन सके।"

"जीवन-साथी !" मैंने किंचित् कोमल स्वर में अपने-आप से प्रश्न किया।

"ऐसी गधी कहां से मिलेगी ?"

मनसुखलाल जी क्षण-भर के लिए ठस-से सोफे पर चुपचाप बैठ गए, फिर साहस बटोरकर मेरे पास आए और बोले, "अब आप अपना अतीत भूल जाइए। भूल जाइए कि कभी आप गधे थे या कभी गधों के वंश से आपका सम्बन्ध था। आज से आप एक नए जीवन में कदम रख रहे हैं। एक नए समाज में, नए संसार में। यहां के मूल्य कुछ और हैं, श्रीमान् जी ! अब आप कल की बात सोचिए—कल, जो आनेवाला है ! जो बीत गया, उसे बिलकुल भूल जाइए।"

"भूल गया।" मैंने अपनी दोनों आंखें क्षण-भर के लिए बन्द करके उन्हें एकदम खोलते हुए कहा, "भूल गया, सेठजी, अब बताइए, आगे क्या हो ?"

"आप मेरी बेटी से विवाह कर लीजिए।"

"आपकी बेटी से ?" मैं ज़ोर से चीखा और एकदम सोफे से उठ खड़ा हुआ, "मिस रूपवती से ?"

"हां ! इसमें आश्चर्य की क्या बात है ? मेरी बेटी पढ़ी-लिखी है। अप-टू-डेट, सुशील..."

मैंने बात काटकर कहा, "मैं आपकी लड़की के बारे में नहीं सोच रहा, मैं

तो अपने बारे में सोच रहा हूं। देखिए, मैं तो केवल एक गधा हूं, जानवर हूं और आप लोग इन्सान हैं। कितने युगों के बाद एक जानवर और एक इन्सान में—शायद लाखों वर्ष के बाद—विवाह का सम्बन्ध स्थापित होगा। मुझे इस समय बोकेशियो के 'सौन्दर्य और पशु' की याद आ रही है।''

''बोकेशियो कौन ? स्टाक एक्सचेंज वाला दलाल ?''

''जी नहीं ! वह बेचारा एक चित्रकार था।''

''अजी, लानत भेजो इन चित्रकरों पर। हम इस समय एक अत्यन्त आवश्यक विषय पर बात कर रहे हैं। यहां बोकेशियो को आप कहां से घसीट लाए ?'' मनसुखलाल ने मेरे कानों से खेलते हुए कहा, ''बस, मेरी बात आप मान जाइए और...''

''मगर...'' मैंने फिर बात काटते हुए कहा, ''आपने इस प्रस्ताव पर विचार कर लिया है ?''

''खूब अच्छी तरह।''

''मगर देखिए ना ! यह एक लड़की के जीवन तथा मृत्यु का प्रश्न है। आप रूपवती से पूछे बिना कैसे यह सम्बन्ध स्थापित कर सकते हैं ? उसे इस विवाह पर आपत्ति तो नहीं होगी ?''

''नहीं होगी।'' मनसुखलाल ने घोषणा की, 'मैंने उससे बात कर ली है।''

'बाप रे !'' मैं आश्चर्य से चिल्लाया, ''मुझे विश्वास नहीं आता।''

''आप स्वयं उससे बात करके पूछ सकते हैं।''

''मगर...''

मगर मनसुखलाल ने मेरी बात न सुनी, जल्दी से उसने घंटी बजाई। एक नौकर तुरंत पहुंचा। मनसुखलाल ने उससे कहा, ''बिटिया को जरा नीचे भेज दो।''

''मगर वह तो कब की सोने के लिए जा चुकी है।'' एकाएक मुझे याद आया।

सेठ मनसुखलाल मुस्कराए और बोले, ''नहीं, वह जाग रही है और हमारी बातचीत के परिणाम की प्रतीक्षा कर रही है।''

मैं आश्चर्य से सेठ मनसुखलाल के मुंह की ओर देखने लगा।

इतने में हाल की सीढ़ियों से मिस रूपवती अठखेलियां करती नीचे उतरने लगी। उसने गहरे नीले रंग का एक गरारा पहन रखा था, जिसमें सोने के लहरिये चमकते थे। हल्के काशनी रंग का दुपट्टा उसके कटे हुए बालों के सौन्दर्य में चार चांद लगा रहा था। गरारे के नीचे से दो सुन्दर पांव सीढ़ियों से नीचे उतरते नज़र आ रहे थे। मेरा दिल भी अपनी सीढ़ियों से नीचे उतरने लगा। जब वह मेरे बिलकुल निकट आ गई, तो मेरा दिल धक से रह गया। अब नीचे जाने के

लिए कोई सीढ़ी नहीं थी। मैंने सहायता के लिए इधर-उधर देखा, लेकिन मौका पाकर सेठजी खिसक गए थे। अब ड्राइंग-रूम में मैं और वह बिलकुल अकेले थे।

मेरा जी घबराकर गधे की तरह रेंकने को चाहा, लेकिन इसका अवसर न देखकर चुप हो गया।

''फरमाइए'', रूपवती ने अपने दुपट्टे से खेलते हुए कहा।

मैंने थूक निगला। आखिर किसी न किसी प्रकार साहस करके पूछ ही लिया, 'क्या यह सच है ?''

''क्या ?'' रूपवती ने अपनी बड़ी-बड़ी सुन्दर आंखें मेरी आंखों में डालते हुए पूछा।

''कि आप मुझसे विवाह करने के लिए तैयार हैं ?''

''हां !'' आवाज़ बहुत धीमी और प्यारी थी। मेरा जी चाहा कि प्रसन्नतावश एक दुलत्ती झाड़ दूं, लेकिन फिर चुप हो रहा कि कहीं अशिष्ट न समझा जाऊं।

''मगर, देखिए'', मैंने बहस का प्रारम्भ करते हुए कहा, ''आपने क्या सब-कुछ सोच लिया है ? कहीं बाद में आपको पछताना न पड़े। आप देख रही हैं कि मैं एक गधा हूं।''

''हर एक पति को ऐसा ही होना चाहिए।'' रूपवती निश्चयात्मक स्वर में बोली।

''लेकिन, लोग क्या कहेंगे ? सेठ मनसुखलाल का जमाई एक गधा है। इतने बड़े आदमी का जमाई...''

''मैंने अक्सर बड़े आदमियों के जमाई ऐसे ही देखे हैं। वे जितने गधे हों, उतने ही सफल रहते हैं और बड़े-बड़े पदों पर नियुक्त किए जाते हैं। इसलिए नहीं कि वे गधे हैं, बल्कि इसलिए कि वे बड़े आदमियों के जमाई हैं। किसी बड़े आदमी के जमाई के लिए बुद्धिमान होना ज़रूरी नहीं। उसकी उन्नति के लिए यही काफी है कि वह एक बड़े आदमी का जमाई है।''

मेरी आंखें आश्चर्य से खुली की खुली रह गईं। नए समाज के नियम अब धीरे-धीरे मेरी समझ में आ रहे थे।

''मगर'', मैंने एक और एतराज़ करते हुए कहा, ''दुनिया आपको क्या कहेगी कि आपने जान-बूझकर एक गधे से विवाह किया, जबकि आपको अपनी बिरादरी में एक से एक बढ़िया वर मिल सकता है।''

''यह तो मेरी इच्छा है और इसमें किसी दूसरे को बोलने का अधिकार नहीं।'' रूपवती ने तीखे स्वर में कहा, ''फिर मैं कौन-सा आपसे सबके सामने विवाह कर रही हूं। विवाह तो बिलकुल गुप्त रूप से होगा।''

''गुप्त रूप से ?''

''हां ! और विवाह के बाद तुम पूर्ववत् अस्तबल में रहोगे और मैं अपनी कोठी में।''

''मैं अस्तबल में, तुम कोठी में।''

''हां, लेकिन अपने अस्तबल में तुम्हें जीवन की समस्त सुविधाएं प्राप्त होंगी। उम्दा चारा, उम्दा बिस्तर, उम्दा नौकर और साईस तथा टेलीफोन, जिस पर कभी-कभी तुम मुझसे बात भी कर लिया करोगे।''

'टेलीफोन पर ?''

''हां ! और कभी-कभी खास अवसरों पर तुम मुझे ड्राइंग-रूम में पापा के सामने देख भी लिया करोगे। मगर उन खास अवसरों के अतिरिक्त तुम कोठी में कभी नहीं आ सकोगे।''

''और घूमनै-फिरने के लिए क्या होगा ? पति और पत्नी, मैं प्रायः देखता हूँ, इकट्ठे चहलकदमी को निकलते हैं।''

''हम भी जाएंगे'', रूपवती धीरे से बोली, ''लेकिन इस प्रकार कि तुम मेरे साथ होगे और तुम्हारी पीठ पर जीन कसी होगी, ताकि लोग तुम्हें देखकर यह समझें कि तुम मेरे गधे हो, पति नहीं हो।''

''जी, बहुत अच्छा।'' मैंने उसी समय अपनी पीठ पर कसी जीन का अनुभव किया।

वह बोली, ''एक बात और है, तुम्हारी चेक-बुक मेरे पास होगी और वह पच्चीस करोड़ वाला खाता मेरे नाम...''

''कौन-सा पच्चीस करोड़ वाला ?''

रूपवती बोली, ''मैं उस ठेके के बारे में सब जानती हूँ, जिसकी बात तुम हमारे प्रधानमंत्री से कर आए हो, इसलिए बनो नहीं।''

''लेकिन देखिए, आपको बड़ी गलतफहमी...मेरा मतलब है, वह बात यों है कि मैं असल में...''

''बस, अब मामले को अधिक छिपाने की कोशिश न करो।'' रूपवती ने बात काटते हुए कहा, ''मैं कुछ नहीं सुनना चाहती—चेक-बुक मेरे पास और वह खाता मेरे नाम रहेगा।''

''लेकिन'', मैंने फिर समझाने की कोशिश की।

उसने तुरन्त कहा, ''अब रात अधिक हो चुकी है डार्लिंग ! अब जाकर अस्तबल में सो जाओ। गुड नाइट !''

रूपवती ने मेरे कान पर एक हल्का-सा चुम्बन दिया। चूंकि चुम्बन मेरे कान पर दिया गया था, इसलिए मैं यह न देख सका कि चुम्बन देते समय रूपवती के चेहरे पर किस प्रकार के भाव थे।

मेरी आंखों में आंसू आ गए। मेरा कंठ भर आया। मेरी चारों टांगें प्रसन्नतावश

थर-थर कांपने लगीं, भाव-धारा में बहते हुए मैंने कहा, "रूपो ! मेरी रूपो !"

वह बोली, "धबडू ! मेरे प्यारे धबडू !"

इसी प्रकार भाव-धारा में बहते हुए मैं हांक लगाने ही वाला था कि इतने में मैंने अपने गले में चांदी की रस्सी का फंदा महसूस किया। मैंने देखा, एक बूढ़ा साईस है और बड़ी शिष्टता से मेरे गले की रस्सी को धीरे-धीरे झटका देकर मुझे अस्तबल की ओर ले जाने की कोशिश कर रहा है। मुझे अपनी ओर मुड़ते देखकर बोला, "हुज़ूर ! अब चलिए।"

हाल की सीढ़ियों के बीच में रूपवती रुकी। मुड़ी, मुड़कर मेरी ओर देखकर मुस्करा दी और बोली, "जाओ, अब सो जाओ, कल तुम्हें सौन्दर्य-प्रतियोगिता का फैसला करने विलिंगडंन क्लब जाना होगा।"

वह अपनी उंगलियों को अपने होंठों तक ले गई और दूर सीढ़ियों से एक हवाई चुम्बन उसने मेरी ओर फेंका और फिर धीमे से कहा, "धबडू !"

उसके बाद वह जल्दी-जल्दी सीढ़ियां चढ़कर ऊपर के बरामदे में गायब हो गई।

साईस मुझे खींचता हुआ अस्तबल ले गया।

रूपवती तेज़-तेज़ कदमों से, सीढ़ियां पार करके बरामदे में पहुंची। वहां से दौड़ते-दौड़ते वह सीधी अपने शयनागार में घुस गई, जिसमें उसका पिता उसकी प्रतीक्षा कर रहा था। भीतर जाते ही वह अपने पिता से बोली :

"आपका काम मैंने कर दिया है। उससे मैंने विवाह के लिए 'हां' कर ली है।" इसके बाद वह बिस्तर पर गिरकर फूट-फूटकर रोने लगी।

सेठ मनसुखलाल ने अपनी बेटी के बालों पर हाथ फेरा और बड़े प्यार से बोला, "घबराने की कोई बात नहीं। अपने मतलब के लिए गधे को भी दो मिनट के लिए अपना पति बनाना पड़ता है। वह ठेका हाथ में आते ही मैं सब ठीक कर लूंगा। जरा सोचो तो रूपवती ! पच्चीस करोड़ ! पच्चीस करोड़ के ठेके में कम से कम दस करोड़ तो अपना होगा। मेरा, बल्कि तुम्हारा। इन दस करोड़ रुपयों से तुम दुनिया का सबसे धनी और सबसे सुन्दर पति खरीद सकती हो।"

सेठ मनसुखलाल ने कहा :

"इस समय हम इस गधे की मुट्ठी में हैं, लेकिन पास-बुक और चेक-बुक तुम्हारे नाम हो जाने पर वह हमारी मुट्ठी में होगा।"

रूपवती अपने आंसुओं के बीच में एकाएक मुस्करा उठी। उसकी विजयी मुस्कराहट अपने पिता की सूझ-बूझ की प्रशंसा कर रही थी।

पिता ने उसके कंधे को थपथपाते हुए कहा, "घबराओ नहीं, अब जाकर आराम से सो जाओ। मैं सब ठीक कर लूंगा।"

अपनी बेटी की ओर देखकर मुस्कराते हुए सेठ मनसुखलाल शयनागार से बाहर निकल गए।

12

❑ *जाना गधे का विलिंगडन क्लब में और सभापति बनना सौन्दर्य-प्रतियोगिता का तथा घिर जाना झुरमुट में नटखट सुन्दरियों के*

विलिंगडन क्लब में उस दिन बड़ी चहल-पहल थी। क्लब के बड़े हॉल को कागज़ी फूलों, रंग-रंग के गुब्बारों और रेशमी पर्दों से दुल्हन की तरह सजाया गया था। हॉल के चारों ओर छोटे-छोटे स्टालों में शृंगार का सामान बेचने वालों ने अपनी चीज़ें सजा रखी थीं। सौन्दर्य-प्रतियोगिता के सम्बन्ध में जितना खर्च हो रहा था, उसे उन स्टालों की कम्पनियों के मालिक लोग अपनी जेब से पूरा कर रहे थे। इन स्टालों में जौहरियों की दुकानें थीं, लिपस्टिक और पाउडर की दुकानें थीं, तेल और क्रीम की दुकानें थीं, इत्र और फुलेल की दुकानें थीं, कपड़े की दुकानें थीं, स्त्रियों के नाइयों की दुकानें थीं, तौलियों, छतरियों, दस्तानों, जूतियों की दुकानें थीं, पर पुस्तकों की एक भी दुकान न थी। भला कहीं पुस्तकें पढ़ने से भी सौन्दर्य में वृद्धि होती है !

लेडी सारेगामा गाओ ने पहले तो मेरा परिचय बड़े शानदार शब्दों में क्लब के माननीय मेम्बरों से कराया। बाद में वह मुझे उस बड़े हॉल में ले गईं, जिसका जिक्र अभी मैंने ऊपर किया है। यहां सौन्दर्य-प्रतियोगिता में भाग लेने वाली सुन्दरियां पंक्ति बनाए खड़ी थीं। यहीं पर मेरा उनसे परिचय कराया गया।

"ये हैं सोलन की सुन्दरी नम्बन वन।"

"आपका मतलब है सोलन स्विस्की नम्बन वन ?"

"नहीं साब !" लेडी सारेगामा गाओ ने मुझे समझाते हुए कहा, "सोलन में जो सौन्दर्य-प्रतियोगिता हुई थी, उसमें यह वहां की 'रानी' चुनी गई थीं। प्रतियोगिता में पहले नम्बर पर आई थीं।"

"यह शिमले की रानी।"

"यह नैनीताल की रानी।"

"यह डलहौज़ी की रानी।"

"यह कोडाईकनाल की रानी।"

"यह ऊटी की रानी।"

"दार्जिलिंग की रानी।"

बारी-बारी से सबसे परिचय होता गया। मैं सोचने लगा, यहां किसी कारखाने की कोई रानी नहीं है। खेतों की रानी नहीं है। बीड़ी बनाने वालों की 'चाल' में रहनेवाली रानी नहीं है। भंगी-संस्था की रानी नहीं है। मैंने तो चीथड़ों में लिपटा हुआ ऐसा सौन्दर्य देखा है कि सेठ क्रीमजी भाई उबटनवाला उसे देखे तो अपने सारे लिपस्टिक और पाउडर उठाकर हॉल से बाहर भाग जाए। कहां हैं वे सच्चे मोतियों की तरह सीपियों में छिपी हुई रानियां ?

लेडी सारेगामा गाओ परिचय कराती जा रही थीं—

"यह हैं लखनऊ की रानी।"

"जालन्धर की रानी।"

"दिल्ली की रानी।"

यह कमला थी। मुझे देखकर मुस्कराई। मैं कान जोड़कर आगे बढ़ गया।

"नई दिल्ली की रानी।"

यह रूपवती थी। मेरी होनेवाली पत्नी। न वह मेरी ओर देखकर मुस्कराई, और न मैं उसकी ओर। मैं फिर कान जोड़कर आगे बढ़ गया।

जब सब रानियों से परिचय हो चुका, तो मुझे उन सबके बीच में खड़ा कर दिया गया और फोटो लेनेवालों ने अपने फ्लश बल्ब जला-जलाकर मेरे बहुत-से फोटो लिए।

इसके बाद सौन्दर्य-प्रतियोगिता में भाग लेनेवाली सुन्दरियों से कहा गया कि वे अपने वस्त्र उतारकर विलिंगडन क्लब के तालाब पर तैरने का लिबास पहनकर उपस्थित हों। सुन्दरियां यह सुनकर अपने-अपने ग्रीनरूप में चली गईं और लेडी सारेगामा गाओ मुझे स्विमिंग पूल पर ले गईं।

कहने लगीं, "इनमें से हर लड़की अपने-अपने शहर या इलाके की सबसे सुन्दर लड़की है। आज हमें, मेरा मतलब है, आज आपको, पूरे भारत की सबसे सुन्दर लड़की का चुनाव करना होगा। इन लड़कियों में से जो एक सौभाग्यशालिनी भारत की सबसे सुन्दर लड़की चुनी जाएगी, उसे लास ऐन्जल्स की अन्तर्राष्ट्रीय सौन्दर्य-प्रतियोगिता में भाग लेने के लिए भेजा जाएगा।"

"बहुत खूब, लेडी सार..." मैंने सिर हिलाकर कहा, "मादाम ! आपका नाम इतना लम्बा है, अगर मैं सारेगामा गाओ को संक्षिप्त करके आपको केवल लेडी गामा कहा करूं, तो आपको कोई आपत्ति तो न होगी—लेडी गामा !"

"नहीं, मेरे प्यारे गधे !" लेडी गामा ने बड़े प्यार से मेरा कान खींचा। ठीक उसी समय मिस रूपवती अपने ग्रीनरूम से तैरने का लिबास पहनकर निकल रही थी। उसने घूरकर हम दोनों की ओर देखा। फिर मटकते हुए स्विमिंग पूल के किनारे जा खड़ी हुई, जहां बहुत-से फोटोग्राफर उसके फोटो उतारने लगे।

रूपवती के बाद एक-एक करके अन्य लड़कियां भी अपने लिबास पहनकर

आ गईं। मैंने देखा, बहुत-सी पश्चिमी कम्पनियों के कैमरा-मैन भी आए हुए थे और लड़कियां विशेष रूप से अपनी सर्वोत्तम मुस्कान उनकी ओर फेंक रही थीं। थोड़े समय बाद जब सब लड़कियां एकत्र हो गईं, तो एक घंटी बजी। घंटी के बजते ही सब लड़कियां एक पंक्ति में खड़ी हो गईं और तैरने के तालाब के किनारे जो वज़न करनेवाली मशीन रखी थी, उस पर अपना वज़न देखने लगीं। उस मशीन के पास एक अत्यन्त दुबला-पतला और लम्बा व्यक्ति खड़ा था। उसके सिर के बाल आधे से अधिक श्वेत हो चुके थे।

लेडी गामा ने मेरा उससे परिचय कराया, ''ये हैं मिस्टर डंकी–ये हैं मिस्टर के. के. भजनानी।''

'हाउ डू यू डू ?'' मिस्टर भजनानी ने कहा।

''ढींचू-ढींचू !'' मैंने उत्तर दिया।

मिस्टर भजनानी बारी-बारी से प्रत्येक लड़की को वज़न करनेवाली मशीन के प्लेटफार्म पर चढ़ने का निमंत्रण देते और जब मशीन की झर्री से वज़न का कार्ड निकलता, तो उसका वज़न अपने हाथ में लिए हुए कागज़ पर उस लड़की के नाम के आगे नोट कर लेते। एक नज़र सिर से पांव तक लड़की के शरीर पर डालते और फिर अपने मध्यम कम्पित स्वर में कहते :

"Next Please !"

लेडी गामा ने कहा, ''मिस्टर भजनानी बड़े दिलचस्प आदमी हैं। देखिए, इनकी आयु इतनी हो गई है, लेकिन अभी तक इन्होंने शादी नहीं की।''

''फिर ये स्त्रियों के वज़न के बारे में क्या जानते होंगे ?''

''नहीं, यह बात नहीं है।'' लेडी गामा ने हंसकर कहा, ''वज़न बताने के लिए यह मशीन जो है। देखिए, यह मशीन मिस्टर भजनानी का आविष्कार है। यह मशीन दूसरी वज़न करनेवाली मशीनों से ज़रा भिन्न है। देखिए, यह कार्ड देखिए, यह मशीन इकट्ठा वज़न भी बताती है और अलग-अलग वज़न भी बताती है। उदाहरणस्वरूप यह देखिए–यह मशीन बताती है कि सौन्दर्य-प्रतियोगिता में भाग लेनेवाली लड़की का वज़न पांव से धड़ तक कितना होता है, धड़ से गर्दन तक कितना होता है और गर्दन से खोपड़ी तक कितना होता है ?''

''खोपड़ी के भीतर दिमाग कितना है, क्या इसका वज़न भी यह मशीन बताती है ?''

''नहीं'', लेडी गामा बोलीं, ''मगर हमें इसके जानने की ज़रूरत भी क्या है ?

''प्रत्यक्ष है'', मैंने कहा, ''भला दिमाग का सौन्दर्य से क्या सम्बन्ध !''

लेडी गामा बोली, ''मिस्टर भजनानी ने यद्यपि शादी नहीं की लेकिन इन्होंने स्त्रियों का वज़न नापने की यह विशेष मशीन तैयार कर ली है। इसके अतिरिक्त

मिस्टर भजनानी का एक कमाल यह है कि इन्होंने पूरा जीवन यह प्रमाणित करने में व्यतीत कर दिया है कि दो और दो पांच होते हैं।''

''चार नहीं होते ?'' मैंने मिस्टर भजनानी से पूछा।

''नहीं'', वे पूरे विश्वास से बोले, ''दो और दो पांच होते हैं। मैं गणित विद्या के दस नियमों से प्रमाणित कर सकता हूं कि दो और दो पांच होते हैं। आप किसी दिन सेवक के यहां पधारिए।'' मिस्टर भजनानी मेरी ओर देखकर और मुस्कराकर बोले, ''मैं आपको विश्वास दिला दूंगा और प्रमाणित कर दूंगा कि...''

इतने में कमला की बारी आ गई और मिस्टर भजनानी तीन-पांच भूल गए। इस प्रकार आश्चर्यचकित-से देखने लगे कि कमला को मुस्कराकर कहना पड़ा—

''वज़न प्लीज़ !''

मैं आगे बढ़ गया।

यहां एक कुरसी पड़ी थी और कुरसी के आगे एक इस प्रकार की ढालदार तिपाई पड़ी थी, जैसी जूतों की दुकान पर जूते पहननेवालों के सामने पड़ी होती है। अपने वज़न का कार्ड लेकर हर लड़की यहां आती थी और सैंडल खोलकर उस तिपाई पर अपना पांव रख देती थी।

''यहां क्या इसे नये जूते मिलेंगे ?'' मैंने लेडी गामा से पूछा।

''नहीं तो।'' वह हंसकर बोलीं। और फिर तिपाई के पास जो गंजे सिरवाला, मुड़ी हुई नाकवाला, गोरा-चिट्टा बूढ़ा आदमी चश्मा लगाए बैठा था, उससे परिचय कराते हुए बोली, ''ये मिस्टर दारूवाला हैं।''

''आप यहां पर क्या करते हैं ?'' मैंने बेचैन होकर पूछा, ''क्या बाटा की एजेन्सी ले रखी है ?''

''नहीं प्यारे गधे ! सचमुच तुम बिलकुल गधे हो।'' लेडी गामा बड़े प्यार से मेरे कंधे पर हाथ रखकर बोलीं, ''मिस्टर दारूवाला यहां पर लड़कियों के पांव की बनावट देखते हैं और टखनों की गोलाई नापते हैं।''

''ओह !'' मैंने हैरान होकर कहा।

''ये अपने काम में बड़े निपुण हैं।''

''बम्बई में आप क्या करते हैं, मिस्टर दारूवाला ?''

''जी, मेरा घुंघरू बनाने का कारखाना है।'' दारूवाला अपना चश्मा नाक पर ठीक बिठाते हुए बोले, ''इसलिए पांवों की बनावट और टखनों की गोलाई के बारे में जो मैं नहीं जानता हूं, वह कोई दूसरा भी नहीं जान सकता।''

''बेशक ! बेशक !'' मैंने सिर हिलाते हुए कहा और आगे बढ़ गया।

लेडी गामा ने कहा, ''देखा ! ये सब कलाकार आपकी सहायता के लिए इकट्ठे कर दिए गए हैं।''

"कृपा है !" मैंने झुककर कहा।

आगे जाकर क्या देखा कि वही लड़की, जो मिस्टर दारूवाला से अपने पांवों की बनावट और टखनों की गोलाई का अनुमान ले रही थी, यहां पर तांडव नृत्य का एक पोज़-सा देकर अपनी जांघों और पिंडलियों का नाप दे रही है। यहां पर एक व्यक्ति कंधे पर फीता डाले अपनी चुग्गी दाढ़ी खुजाता हुआ पहले जांघों की, फिर घुटनों की, फिर पिंडलियों की फीते से नाप ले रहा था।

"शायद यह कोई दर्जी है।" मेरे मुंह से निकल गया।

"हश् !" लेडी गामा ने मुझे जल्दी से चुप कराते हुए कहा, 'आप नहीं जानते इन्हें। अरे ये तो हमारी शिल्प तथा मूर्ति कला के सबसे बड़े विशेषज्ञ हैं, मिस्टर खटखट खंडलिया। एलोरा में जितनी स्त्रियों की मूर्तियां हैं उन सबकी जांघों और पिंडलियों के नाप इन्हें जबानी याद हैं, लेकिन अपनी पत्नी का नाम तक याद नहीं।"

"बहुत खूब ! मिस्टर खटखट खंडलिया ! आप जैसे कलाकार से मिलकर बड़ी प्रसन्नता हुई।"

"हां !" मिस्टर खटखट खंडलिया ने मानो पहचानने का प्रयत्न करते हुए कहा, "पहले भी आपसे मुलाकात हो चुकी है।"

"शायद बाराबंकी में आपके दर्शन हुए होंगे।" मैंने यों ही उनका मन रखने के लिए कह दिया, क्योंकि ऐसे चुगद से कौन गधा मुलाकात करना पसंद करेगा!

"नहीं, बाराबंकी में नहीं।" मिस्टर खटखट खंडलिया ने अपनी उंगली मेरी ओर नचाते हुए कहा, "हां ! अब याद आया ! सांची में आप ही से मुलाकात हुई थी।"

"सांची में ! लेकिन मैं तो कभी सांची नहीं गया।" कुछ खीझकर मैंने कहा।

"आप झूठ बोलते हैं। मैंने आपको वहां देखा है। सांची में पत्थर की प्लेट नम्बर ग्यारह पर एक भिक्षु भगवान् बुद्ध के दर्शन करने जा रहा है। उसके पीछे-पीछे एक गधा चल रहा है। आप वही गधे हैं—अगर मैं गलती नहीं करता।"

मिस्टर खटखट खंडलिया ने दोबारा कहा, "तो आप बिलकुल वही गधे हैं। बिलकुल वही जांघें, वही पिंडलियां।"

मैं आश्चर्यचकित था, इतने में लेडी गामा ने कहा, "देखा इनका कमाल! ये आदमियों को देखकर पत्थर की मूर्तियों का अनुमान नहीं करते, पत्थर की मूर्तियों को देखकर आदमियों और चीज़ों को पहचानने का प्रयत्न करते हैं !"

"क्या खूब चीज़ हैं ये भी।"

जब मैं वहां से चलने लगा तो मिस्टर खटखट खंडलिया ने मुझसे पूछा, "भई, वह भिक्षु कहां है ?"

मैंने जलकर कहा, "वहीं सांची में होगा।"

मिस्टर खंडलिया के चेहरे पर संदेह के चिह्न उत्पन्न हुए। शायद वे यह सोच रहे थे—ऐसा कैसे हुआ ? वह सांची वाला गधा यहां आ गया, लेकिन भिक्षु वहीं पत्थर की प्लेट पर जमा रहा। ऐसा कैसे हो गया ? लेकिन इतने में एक लड़की अपनी पिंडलियों का नाप देने के लिए उनके सामने आ गई और मिस्टर खटखट खंडलिया अपना फीता लेकर अपने काम में लग गए।

आगे चलकर प्रोफेसर बांकेबिहारी 'आह' बनारसी और जनाब हामिदहसन 'वाह' लखनवी खड़े नज़र आए।

प्रोफेसर बांकेबिहारी 'आह' बनारसी हिंदी और संस्कृत के विद्वान् थे और जनाब 'वाह' लखनवी उर्दू ज़बान के माने हुए शायर। 'आह' बनारसी को हिन्दी और संस्कृत में 'कूल्हे' के विषय पर समस्त बड़े क्लासिकल कवियों की अछूती उपमाएं कंठस्थ थीं। 'वाह' लखनवी को 'कमर' के सम्बन्ध में उर्दू और फारसी के हज़ारों शेर याद थे। 'आह' बनारसी 'कूल्हा-विशेषज्ञ' थे, तो 'वाह' लखनवी 'कमर-विशेषज्ञ'। दोनों शेर पढ़कर नम्बर देते थे। मैंने 'वाह' लखनवी से कहा, " 'वाह' साहिब ?"

वे बोले, "हां साहिब !"

मैंने कहा, "वाह साहिब ! लखनऊ की जो मलिका-ए-हुस्न होगी, सुनते हैं कि उसके तो कमर ही नहीं हैं, फिर आप क्या करेंगे ?"

'वाह' लखनवी ने कहा, "ऐसे मौकों के लिए मैं हमेशा एक खुर्दबीन रखता हूं।" 'वाह' लखनवी ने जेब से एक छोटी-सी खुर्दबीन निकालकर दिखाते हुए कहा। मैं उनकी सूक्ष्मदर्शिता की प्रशंसा करते हुए आगे बढ़ गया।

बस, इसी प्रकार एक के बाद एक तालाब के किनारे-किनारे दर्ज़नों कलाकार अपनी-अपनी कला का प्रदर्शन कर रहे थे। छाती से सिर के बालों तक के हर प्रकार के कलाकार थे। हर लड़की के पास फार्म था। उस फार्म के साथ एक फोटो लगा हुआ था। हर कलाकार नाप-तोल करते हुए ठीक-ठीक आंकड़े फार्म में भर देता और अपनी राय लिख देता। इसी प्रकार छाती, बांहें, होंठ, आंखें, बाल, कान, हर चीज़ का नाप हो रहा था और बड़ी गंभीरता से उसके सम्बन्ध में राय दी जा रही थी।

एकाएक मुझे ऐसा अनुभव हुआ मानो मैं किसी क्लब में नहीं लाया गया, किसी निर्जीव कारखाने की मशीनों की खट-खट से गूंजते हुए हॉल में खड़ा हूं; किसी तैरने के तालाब के किनारे नहीं, स्त्रियों के कारखाने में खड़ा हूं। यहां स्त्रियां बनती हैं, जिस तरह साइकिलें बनती हैं या मोटरें बनती हैं। यह एसेम्बली-लाइन है, जहां पर विभिन्न कलाकार टखनों, जांघों, पिंडलियों, कूल्हों, बांहों, होंठों, गालों को नापकर, तोलकर और विभिन्न अंग जोड़-जोड़कर स्त्री बना रहे हैं। सुन्दरता की रानी, मलिका-ए-हुस्न, ब्यूक सुपर डीलो। स्त्री या सन् छप्पन की स्टुडीवेकर।

सनबीम टायलर 56 !

दो-तीन घण्टे यही नाप-तोल जारी रही और हिसाब-किताब होता रहा, अन्त में जब सब सूचियां बन चुकीं, सारे फार्म भर गए, तो ये समस्त सूचियां और उनके साथ नत्थी किए हुए फोटो मुझे दे दिए गए और उनके अध्ययन के लिए मुझे पौन घंटा दिया गया, जिसके बाद मुझे अपना फैसला सुनाना था और भारत की सबसे सुन्दर लड़की की घोषणा करनी थी।

मैंने समस्त सूचियां बड़े ध्यान से देखीं। फोटो भी ध्यान से देखे। आंकड़ों को जांचा, परखा। अपने मन में विभिन्न छातियों, होठों, बालों, बांहों का अनुमान लगाया। उसके बाद अपना फैसला सुनाने के लिए तैयार हो गया। फैसला करने में मुझे मुश्किल से आधा घंटा लगा। लेडी गामा हैरान रह गईं।

''इतनी जल्दी आपने सब सूचियां पढ़ डालीं और फैसला कर लिया ?''

''हां।''

''तो चलिए, क्लब के हॉल में। वहां शहर के सब बड़े-बड़े लोग और शहर की बड़ी-बड़ी सुन्दरियां आपका फैसला सुनने के लिए बेचैन हैं।''

13

- *प्रवेश करना गधे का क्लब के बड़े हॉल में और भाषण देना खड़े होकर माननीय नागरिकों के सम्मुख तथा उल्लेख करना सौन्दर्य-प्रतियोगिता के परिणाम का*

अब जब हमने दोबारा क्लब के हॉल में प्रवेश किया, तो कई घंटे व्यतीत हो चुके थे। शहर में पहले ही से घोषणा कर दी गई थी कि अमुक समय सौन्दर्य-प्रतियोगिता का फैसला सुनाया जाएगा। अतएव बड़े-बड़े राज्यमंत्री, रईस, डिप्लोमैटिक कालोनी के राजदूत, विदेशी कैमरामैन और भारतीय समाचार-पत्रों के फोटोग्राफर हॉल में एकत्र थे। अबके हॉल का आकार ही बदल गया था। अब तो वह पहले से भी चमकीला और सजीला हो गया था। ऊंचे वर्ग की जितनी सुन्दर महिलाएं होंगी, मेरे विचार में वे सब यहां उपस्थित थीं। उनमें से कई एक तो वे थीं, जो पिछले वर्ष या उससे पिछले वर्ष की 'रानियां' रह चुकी थीं। और अब मोटरों के माडलों की तरह बदली जा चुकी थीं।

हॉल में एक ओर एक ऊंचा डायस बनाया गया था। बीच में एक मेज़ और मेज़ के सामने दो कुर्सियां और दो माइक्रोफोन लगे हुए थे। सबसे पहले लेडी गामा ने स्टेज पर आकर दर्शकों का धन्यवाद किया और सौन्दर्य-प्रतियोगिता

का महत्त्व बतलाया। सहायक जजों का धन्यवाद किया, जिन्होंने आंकड़ों के संकलन में मेरी सहायता की थी। उसके बाद लेडी गामा ने मेरा परिचय कराया और बताया कि क्यों मुझे, एक तुच्छ गधे को, इस महत्त्वपूर्ण काम के लिए चुना गया था ! वही रोमन सुन्दरियों के गधी के दूध में स्नान करने की कथा दोहराई गई, जिससे लोग बहुत प्रभावित हुए। इसके बाद तालियों के शोर में मुझे कुर्सी प्रस्तुत की गई। उसके तुरंत बाद बैंड बजा और सौन्दर्य-प्रतियोगिता में भाग लेनेवाली सुन्दरियां स्नान करने के सुन्दर और नये डिजाइन के वस्त्र पहने हॉल में प्रविष्ट हुईं। लोग उनकी सुन्दरता देखकर स्तब्ध रह गए। जितनी स्त्रियां थीं, वे प्रत्येक सुन्दरी से बारी-बारी अपनी मौन तुलना करती जाती थीं और हर बार मन ही मन अपने-आपको अधिक नंबर देती जाती थीं। जितने पुरुष थे वे यह सोच रहे थे कि यदि प्रत्येक लड़की उनके पास एक मिनट खड़ी होकर फिर आगे बढ़े तो अधिक अच्छा हो। लेकिन सुन्दरियों की यह परेड बहुत शीघ्र समाप्त हो गई और वे सबकी सब हमारी, अर्थात् मेरी और लेडी गामा की कुर्सियों के पीछे एक दायरे में रखी हुई कुर्सियों पर सुशोभित हो गईं।

लेडी गामा ने उठकर एक-एक सुन्दरी को बारी-बारी से माइक के सामने बुलाया। उपस्थित लोगों से उसका परिचय कराया। उससे धन्यवाद के दो शब्द कहलवाए और फिर उसे वापस कुर्सी पर भेज दिया। इससे कम से कम यह तो हुआ कि दर्शकों को उन सुन्दरियों को अच्छी तरह देखने का अवसर मिल गया। न केवल दर्शकों को, बल्कि मुझे भी, जिसे अभी-अभी इस सौन्दर्य प्रतियोगिता का फैसला सुनाना था। मैं देख रहा था कि सौन्दर्य प्रतियोगिता में भाग लेने वाली प्रत्येक सुन्दरी मुस्कराकर सबका धन्यवाद करती थी; लेकिन जब वह मेरा धन्यवाद करने के लिए मेरी ओर झुकती थी तो अपने होंठों की सबसे मधुर मुस्कान एक कली की तरह मेरी ओर फेंकती थी। कितनी कृपा-प्रार्थी मुस्कानें थीं वे ! वे आंखें, नज़रें, शायद होंठ कहते थे—अगर कहीं तुम 'सुन्दरता की रानी' की उपाधि प्रदान कर दो तो हम तुमसे विवाह तक करने को तैयार हो जाएंगी, हालांकि तुम केवल एक गधे हो।

रूपवती की मुस्कान सबसे विचित्र थी। उसकी मुस्कान में एक विचित्र प्रकार का सन्तोष था, एक विचित्र प्रकार की मालिकाना मुस्कराहट !

कमला ने न केवल अपनी मुस्कराहट से बल्कि अपने शरीर के प्रत्येक अंग से मुझपर भरपूर वार किया। ऐसी चमकती हुई, बल्कि चुंधियाई हुई मुस्कराहट थी वह कि मैं सहन न कर सका। मैंने नज़रें नीची कर लीं। सचमुच यह कमला बड़ी खतरनाक औरत थी। उसके शरीर का प्रत्येक अंग कह रहा था—मुझसे बचकर कहां जाओगे। मैं संसार-भर की सबसे सुन्दर स्त्री हूं। तुम्हें विवश हो मुझी को 'सुन्दरता की रानी' चुनना पड़ेगा।

कमला की मुस्कान में एक विचित्र प्रकार का निमंत्रण था। मेरा दिल कांपने लगा।

आखिर जब लेडी गामा ने घोषणा की कि श्रीमान् गधे जी सौन्दर्य-प्रतियोगिता का फैसला सुनाएंगे, तो हॉल तालियों से गूंज उठा।

मैंने माइक्रोफोन परे हटाकर कहा, "महिलाओं तथा सज्जनों !

"जिस तरह यहां पधारनेवाली बहुत-सी महिलाओं ने इस सौन्दर्य-प्रतियोगिता में भाग लेना जरूरी नहीं समझा क्योंकि उनकी सुन्दरता की ख्याति प्रमाणसिद्ध है, इसी प्रकार मैं भी अपने लिए माइक्रोफोन का प्रयोग ज़रूरी नहीं समझता, क्योंकि मेरी आवाज की कड़क भी प्रमाणसिद्ध है (तालियां और कहकहे) और मेरा ख्याल है कि किसी गधे को भी माइक्रोफोन के प्रयोग की आशा नहीं होनी चाहिए, हालांकि मैंने बड़े-बड़े गधों को माइक्रोफोन का अनुचित प्रयोग करते देखा है (कम तालियां, कम कहकहे।)

"महिलाओं तथा सज्जनों !"

"इस अवसर पर भारत के कोने-कोने से सुन्दरियां सौन्दर्य-प्रतियोगिता में भाग लेने आई हैं, इसका हमें हर्ष है, लेकिन दुःख उन सुन्दरियों के लिए है, जो किसी कारण से इस प्रतियोगिता में भाग न ले सकीं।

"मैं एक गधा हूं, इसलिए मेरी स्पष्टोक्ति पर मुझे क्षमा किया जाए, यदि मैं साफ-साफ कह दूं कि मुझे दुःख उस मजदूर औरत का है, जो दो बच्चों की मां है और कानपुर टेक्सटाइल मिल में नौकर है। दो बच्चों की मां होने के बावजूद वह इतनी सुन्दर है कि अगर वह इस प्रतियोगिता में भाग ले सकती तो आप उसे देखकर हैरान रह जाते।

"मगर वह इस प्रतियोगिता में भाग न ले सकी, क्योंकि वह दो बच्चों की मां है। उसके पास न इतना समय था और न इतना किराया ही कि वह यहां तक आ सकती। उसके पास इस सौन्दर्य-प्रतियोगिता के प्रवेश-पत्र के लिए पच्चीस रुपये भी नहीं थे। फर्ज़ कीजिए कि किसी तरह रुपये का प्रबन्ध करके वह यहां आ भी जाती और इस प्रतियोगिता की 'रानी' भी चुन ली जाती तो भी लॉस एन्जल्स की अन्तर्राष्ट्रीय प्रतियोगिता में भाग लेने का प्रश्न बना रहता क्योंकि उसके दो बच्चों को लॉस एन्जल्स की सैर कौन कराता ? और अगर वह बच्चे यहां छोड़ जाती तो वे खाते कहां से ?

"मैं एक स्वर्गीय धोबी का गधा हूं। मेरी मालकिन के दो बड़े प्यारे बच्चे हैं। वह स्वयं आज भी इतनी सुन्दर है कि अगर वह भूल से यहां आ जाए तो आप सब लोग आदरवश खड़े हो जाएंगे और एकमत हो उसे 'भारत की रानी' की उपाधि दे देंगे। लेकिन अफसोस है कि वह भी इस प्रतियोगिता में भाग न ले सकी। वह इस समय कपड़े धो रही होगी, ऐसी लड़की के कपड़े जो स्वयं

इस प्रतियोगिता में मौजूद है। (मैंने आंख के कोने से मिस रूपवती की ओर देखा, वह होंठ चबा रही थी।) मेरा मतलब इस सौन्दर्य की बुराई करना नहीं है, जो यहां मौजूद है। लेकिन मुझे क्षमा कीजिएगा, यह सिविल लाइन और माल रोड का सौन्दर्य है। यह बड़े-बड़े घरों के सुख-वैभव में पला हुआ सौन्दर्य है। इस सौन्दर्य ने कभी कोई फ़ाका नहीं किया, कभी कोई दुःख नहीं देखा, कभी चीथड़े नहीं पहने, कभी सड़कों पर नहीं रोया। यह खुली हवा का सौन्दर्य नहीं है। यह तो एक सुन्दर झाड़ में जलती हुई मोमी शमा का सौन्दर्य है।

''क्या यह भारत का सौन्दर्य है या वह जो यमुना के घाट पर कपड़े धोता है, जो सरसों के खेत में गीत गाता है, जो ईख के पौधों में रस उतारता है और काली मिरच की बेलों में सब्ज़ दाने तोड़ता है ? जो मनुष्य के प्रेम और परिश्रम से उत्पन्न होता है, उस सौन्दर्य का मूल्य आंके बिना, उसकी महानता को समझे बिना, क्या सौन्दर्य-प्रतियोगिता अधूरी नहीं रह जाती ?

''फिर ज़रा विचार तो कीजिए कि विभिन्न स्थानों पर सौन्दर्य की कसौटियां विभिन्न हैं।''

''बंगाल में लम्बे बाल और हालीवुड में कटे हुए बाल। फ्रांस में पतले कूल्हे और भारत में भारी कूल्हे सौन्दर्य प्रतिमान समझते जाते हैं। काश्मीरी गोरे रंग पर मुग्ध हैं मगर टांगनिका में सौन्दर्य रात की तरह स्याह होता है। कोई पतले होंठ पसन्द करता है, कोई मोटे होंठ। कोई लम्बी गरदन तो कोई छोटी गरदन। कोई बड़ी-बड़ी काली आंखें, तो कोई छोटी-छोटी बादामी आंखें। फिर सार्वभौम सौन्दर्य का प्रतिमान क्या होगा ? लेकिन सबसे महत्त्वपूर्ण प्रश्न तो यह है कि सौन्दर्य क्या है ? जब तक इस प्रश्न का फैसला न हो जाए, मैं कोई फैसला नहीं दे सकता।

''हर पुरुष के जीवन में एक स्त्री ऐसी आती है जिसकी सुन्दरता जाने क्या होती है और क्या नहीं होती, मगर उसके उस पुरुष के मन में और उसकी आत्मा में उसकी सुन्दरता स्वर्ग की समस्त अप्सराओं से बढ़-चढ़कर होती है ! ऐसा एक व्यक्ति मैंने जमुना-पार कृष्णनगर में देखा था। वह एक गन्दे झोंपड़े में रहता था। उसका नाम धन्नू था। वह एक धोबी था और हमारा पड़ोसी था। उसकी पत्नी बिलकुल साधारण रंग-रूप की थी। रंग सांवला, बल्कि काला। नयन-नक्श बिलकुल साधारण। साधारण-सी आंखें, साधारण से होंठ, साधारण-सी ठोड़ी। उसकी चाल-ढाल में ऐसी कोई बात नहीं थी जो असाधारण हो। लेकिन एक चीज़ उसमें असाधारण थी।

''शाम को जब धन्नू धोबी घाट से थका-मांदा, कपड़ों का बोझ सिर पर उठाए घर आता तो वह ऐसी मुस्कराहट से, ऐसी मधुर आकर्षक मुस्कराहट से उसका अभिनन्दन करती थी कि धन्नू अपनी दिन-भर की थकावट भूल जाता

था। उस स्त्री के पास संसार की सबसे सुन्दर मुस्कराहट है। दुख इस बात का है कि वह मुस्कराहट मैं आपको दिखा नहीं सकता। उस मुस्कराहट को न तो नापा जा सकता है, न तोला, न उसका ग्राफ बनाकर ज्योमेट्री की रूप-रेखाओं में ढाला जा सकता है। क्योंकि वह मुस्कराहट उसके होंठ नहीं हैं, उसके दांत नहीं हैं, उसका चेहरा नहीं है, उसकी मुस्कराहट का सम्बन्ध उसके समूचे व्यक्तित्व से है। उसके शरीर तथा आत्मा के पूरे जीवन से। फिर उस मुस्कराहट का सम्बन्ध उसके अपने पति से भी है। इस प्रकार वह अपने पति को देखकर मुस्कराती है, जिससे उसकी मुखाकृति तुरन्त बदल जाती है कि वह अत्यन्त सुन्दर दीखने लगती है, उस मुस्कराहट का सम्बन्ध दो हृदयों के प्रेम से भी है। यह मुस्कराता हुआ महान् सौन्दर्य प्रेम की क्रिया तथा प्रतिक्रिया की उत्पत्ति है। मुझे सन्देह है कि क्या वह स्त्री इस तरह किसी पराये पुरुष के सामने भी मुस्करा सकेगी। चाहे आप उसे भारत की रानी चुनकर लॉस एन्जल्स के किसी भव्य भवन में खड़ा क्यों न कर दें। मेरा ख्याल है, वह कभी इस तरह नहीं मुस्करा सकेगी क्योंकि उसका धोबी पति वहां मौजूद न होगा।

''फिर हम किस तरह उस सौन्दर्य को परख सकते हैं ?''

''मैं समझता हूं सौन्दर्य को परखने की यह कसौटी गलत है। एक स्त्री का सौन्दर्य उसके व्यवहार से ही पहचाना जा सकता है। वह व्यवहार, जिसका सम्बन्ध न केवल उसके अपने-आपसे है, बल्कि उसके घर से है, उसके बच्चों से, उसके कारखाने से है, उसके खेत से है। स्त्री-सौन्दर्य कोई शून्य में रखी जानेवाली वस्तु नहीं है कि हम उसे स्त्री के वातावरण से अलग करके, एक नहाने के तालाब के किनारे खड़ा करके, उसका नाप-तोल शुरू कर दें। सौन्दर्य को शून्य में नहीं जांचा जा सकता।

''सौन्दर्य कोई मिस्र देश की तरह मसाले लगाकर संभाली जानेवाली 'ममी' भी नहीं है। वह तो एक जीवित, आगे बढ़ता हुआ, परिवर्तनशील जीवन-क्रम है। यह कितनी मूर्खतापूर्ण बात होती अगर रोमियो जूलियट की सुन्दरता को फीते से नापना शुरू कर देता, अगर पेरिस हेलन की सुन्दरता का वज़न किसी मशीन पर तोलना शुरू कर देता, अगर सीता की अमर तथा शाश्वत सुन्दरता की तुलना किसी पत्थर के तराशे हुए टुकड़े से कर दी जाती। मुझे तो यह देखकर आश्चर्य होता है कि आप लोग इस सौन्दर्य-प्रतियोगिता में कान तो देखते हैं मगर उस आवाज को नहीं सुन सकते जो उस कान के भीतर जाती है। आप आंख देखते हैं मगर आंख की लज्जा नहीं देखते। छाती का उभार देखते हैं, उसके भीतर छिपी हुई मां की ममता नहीं देखते।

''और मैं आपकी इस सौन्दर्य-प्रतियोगिता के बारे में क्या राय दे सकता हूं ? मैं तो यही कह सकता हूं कि सच्चा सौन्दर्य किसी बड़े से बड़े विज्ञापनकर्ता

की दासों की मण्डी में बिकाऊ नहीं है, जहां जांघें और पिंडलियां नापी जाती हैं, छाती का उभार परखा जाता है और कमर का मांस तौला जाता है और तैरने के तालाब के किनारे-किनारे, साज़ की तीखी धुनों के साथ-साथ असली दाँतों के मंजनवाले और नकली दांतों के सेट बेचने वाले, नाखून काटने के यंत्रों वाले और नाखून बनाने के यंत्रोंवाले, बालसफा पाउडरवाले और बाल बढ़ानेवाले, ऊंची एड़ीवाले और नीची बुद्धि वाले सब अपनी-अपनी वस्तुओं का विज्ञापन करते हैं।

"इसलिए मैं आपसे कहता हूं कि आपकी यह सौन्दर्य-प्रतियोगिता बिलकुल फ्रॉड है, धोखा है, जालसाज़ी और बददयानती है और मेरा इसके बारे में यही फैसला है।"

जब मैंने अपना भाषण समाप्त किया तो उसके बाद कुछ क्षणों तक तो हॉल में सन्नाटा रहा, ऐसा पूर्ण सन्नाटा कि मेरा जी चाहा, उसे तोड़ने के लिए ज़ोर से रेंकना शुरू कर दूं।

फिर कुछ क्षणों के बाद हॉल में खुसर-पुसर शुरू हो गई। हमारे पीछे बैठी हुई सौन्दर्य-प्रतियोगिता में भाग लेने वाली कुछ सुन्दरियां मूर्च्छित हो गईं। कई

चीखें मारने लगीं। थोड़े समय बाद हॉल में प्रत्येक व्यक्ति चिल्ला रहा था :

साला !

कमीना !

गधा कहीं का !

मूर्खानन्द !

इसे बाहर निकाल दो ! जूते मारकर बाहर निकाल दो ! कौन-सा गधा पकड़ लाए हो। बदतमीज़ ! बदज़बान !! नालायक !!!

फिर 'गधा मुर्दाबाद' के नारे शुरू हो गए। कुछ मनचले हल्ला बोलकर स्टेज पर चढ़ आए। उनका इरादा था कि सभापति का सत्कार डंडों से करें लेकिन मैं उनका इरादा भांप गया। इसलिए मैंने छूटते ही दो-चार दोलत्तियां बल्कि चौलत्तियां ऐसी जमाईं कि उन शूरवीरों से भागते ही बनी। मुझे बिफरते देखकर स्टेज पर भी एक हंगामा मच गया। माइक्रोफोन गिर पड़ा। लेडी गामा बेहोश हो गईं। लड़कियां चीखने-चिल्लाने लगीं। ऐसी स्थिति में मैंने वहां से खिसकना ही उचित समझा। अतएव मैं स्टेज पर से दोलत्तियां झाड़ता हुआ और अपनी विशेष बोली बोलता हुआ नीचे उतरा और भागता हुआ क्लब के बाहर चला गया। बहुत-से लोग क्रोध में आकर मेरे पीछे भागे परन्तु उस समय मेरे जीवन तथा मृत्यु का प्रश्न था, इसलिए मैंने भी आंखें बंद करके अन्धाधुन्ध भागना शुरू कर दिया। मुझे याद नहीं कि मैं कौन-सी सड़क पर किधर को भागा, किधर मुड़ा, किधर घुस पड़ा। मुझे उस समय होश आया, जब मेरा सिर एक मेज़ से टकराया और बहुत-सी चीनी की प्यालियां एकदम छन् से टूट पड़ीं और बहुत-से लोग एकदम घबराकर अपनी-अपनी कुर्सियों पर से उठ खड़े हुए और बांहें फैला-फैलाकर चिल्लाने लगे।

"यह गधा किधर से घुस आया, निकालो इसे बाहर !"

अब मैंने ज़रा ध्यानपूर्वक इधर-उधर देखा तो मालूम हुआ कि मैं तो विलिंगडन क्लब से बहुत दूर, इण्डिया गेट से भी बहुत आगे, जींद हाउस में घुस आया हूं। यहां जींद हाउस के लम्बे-चौड़े लॉन में एक बहुत बड़ी गार्डन पार्टी का प्रबन्ध किया गया था, जिसे मैंने आकर तहस-नहस कर दिया था।

14

- *भाग जाना गधे का विलिंगडन क्लब से, घुस जाना साहित्य एकादेमी में और मुलाकात करना देश के सुप्रसिद्ध लेखकों से*

मैं अभी वहीं खड़ा था और चौकन्ना होकर सोच रहा था कि अब किधर जाऊं,

कि क्या देखता हूं कि एक लेखकों जैसी मुखाकृति का व्यक्ति सिर से कन्धों तक बाल लटकाए, हाथ में ढेला उठाए मुझे मारने चला आ रहा है। उसका चेहरा किताबी था, माथा नूरानी और दाढ़ी सफेद ! पहले तो वह मुझसे दूर रहा और ढेला उठाए डरता रहा और कहता रहा :

"अहिंसा में विश्वास रखता हूं, नहीं तो अभी ढेला मार देता। भलाई इसी में है कि सीधे-सीधे यहां से चले जाओ।"

मैंने कहा, "मेरे पीछे-पीछे बहुत-से लोग डंडे उठाए मारने को चले आ रहे हैं, इसलिए वापस नहीं भाग सकता, चाहे तुम हिंसा करो या अहिंसा।"

मुझे बोलते देखकर उस व्यक्ति के हाथ से ढेला छूट गया। आंखें फटी की फटी रह गईं, रंग उड़ गया और दाढ़ी के बाल यों कांपने लगे कि मुझे भय होने लगा, कहीं उसकी दाढ़ी चेहरे से छूटकर नीचे न गिर पड़े। किसी प्रकार कुछ क्षणों के बाद उस महानुभाव ने अपने-आप पर काबू पाया और बड़ी मुश्किल से बोला, "तुम कौन हो ?"

"बनाकर गधों का हम भेस 'गालिब'
तमाशा-ए-अहले-करम देखते हैं !"

वह व्यक्ति यह सुनते ही पलट गया। अपनी मेज़ पर जाकर अपने साथी लेखकों से कहने लगा, "मित्रों ! कमाल हो गया !"

"क्या हुआ ?" बहुत-से लेखक एक साथ बोल उठे।

"चचा गालिब गधे का भेस बनाकर हमसे मिलने आए हैं।"

"झूठ !"

"अरे नहीं, अपनी आंखों से देख लो, अपने कानों से सुन ले—वे सामने खड़े हैं।" उस महानुभाव ने मेरी ओर संकेत किया।

इतने में चपरासी, साहित्य एकादेमी का सेक्रेट्री और उनका असिस्टेण्ट, जिनका नाम मुझे बाद में मालूम हुआ कि श्री डी. डी. गुड़च है—वे सब डंडे उठाए मुझे बाहर निकालने आए कि उस महापुरुष ने हाथ के संकेत से न उन्हें रोक दिया बल्कि मेरे लिए स्पेशल कुरसी लाने को कहा।

इसके बाद मुझे बड़े आदर से उन लेखकों की सभा में बिठाया गया। बहुत-से लोग बराबर घूरे जा रहे थे। आखिर मुझसे न रहा गया, मैंने कहा, "क्यों सज्जनों! क्या आपने आज तक कोई गधा नहीं देखा जो इस तरह घूर रहे हैं ?"

एक सज्जन बोले, "हम सब जानते हैं। आप यह बताइए कि आपने अपनी यह दशा क्यों बना रखी है—किसलिए ?"

मैंने कहा, "इस मिट्टी के पुतले के जिस्म को किसी तरह तो ढांपना चाहिए।"

"कहिए, कैसे आना हुआ ? जहां पर आप हैं, वहां से तो कोई मुश्किल ही से आ सकता है।"

"जी हां, बजा इरशाद फरमाया ! बड़ी मुश्किल से आया हूं। अभी तक कानों में उन लोगों की आवाजें गूंज रही हैं जो मेरे पीछे-पीछे आ रहे थे।"

"अजी साहिब ! आपके शेर जो एक बार सुनेगा, वह सौ बार आपके पीछे भागेगा।" एक मरियल-सा लेखक बड़ी मरियल आवाज़ में बोला।

"शेर !" मैं आश्चर्यचकित-सा रह गया। उस पहले महानुभाव ने मेरे कान में कहा :

"मैंने इन्हें बता दिया है कि आप कौन हैं ? गालिब ! गधे के भेस में।"

"गालिब ! लाहौल विलाकुव्वत !" मैंने क्रोध-भरी नज़रों से उसकी ओर देखकर कहा, "अजी साहिब ! मैं तो एक मामूली-सा गधा हूं, जिसे लिखने-पढ़ने की थोड़ी-सी सुध-बुध है, कहां मैं और कहां गालिब।"

"अच्छा ! अच्छा !" एकादेमी के सेक्रेट्री साहिब बोले, 'मैं समझ गया आप ही वे बोलनेवाले गधे हैं, जिनके चित्र समाचार-पत्रों में छपे हैं।"

"अजी बोलनेवाले गधे तो दुनिया में बहुत हैं, हां, चित्र किसी-किसी के छपते हैं।" मैंने सिर झुकाकर कहा, "लेकिन मेहरबानी करके मुझे यह तो बताइए कि मैं किस महफिल में बिना बुलाए मेहमान की तरह आया हूं ?"

सेक्रेट्री साहिब बोले, "यह साहित्य एकादेमी, कलाकेन्द्र और संगीत-नाट्य की एकादेमी की मिली-जुली सभा है। आपको यहां पर भारत-भर के चोटी के लेखक, कलाकार, संगीतकार तथा नाट्यकार मिलेंगे। इस मेज़ पर, जहां आप बैठे हैं; देखिए, यह महानुभाव श्री गणेन्द्रनाथ नागपाल हैं। आप हिन्दी के सबसे बड़े उपन्यासकार हैं। आपने दस उपन्यास लिखे हैं। आपके उपन्यासों की विशेषता यह है कि जो बात आप एक उपन्यास में कहते हैं, दूसरे उपन्यास में स्वयं ही उसका खण्डन कर देते हैं। आपका पूरा साहित्यिक जीवन अपनी कही हुई बातों के खण्डन में व्यतीत हुआ है। इसीलिए तो हिन्दी-साहित्य में आपका विशेष स्थान है। ये हमारी कार्यकारिणी समिति के सदस्य हैं। इनसे मिलिए, ये अचकनवाले, टोपीवाले, चुग्गी दाढ़ीवाले अब्बू अदीब हैं। इनका कमाल यह है कि पिछले पन्द्रह वर्षों से इन्होंने उर्दू-साहित्य की कोई पुस्तक नहीं पढ़ी। ये भी हमारी कार्यकारिणी समिति के एक सदस्य हैं। आपसे मिलिए, आप श्री सुन्दरसिंह जी हैं। आप न लेखक हैं न अदीब, न कवि, न शायर, लेकिन बड़ी ऊंची श्रेणी के धर्मोपदेशक हैं। आप भी हमारी कार्यकारिणी समिति के सदस्य हैं। आपसे मिलिए, श्री डी. डी. गुड़च ! गुजराती के लेखक हैं लेकिन गुजराती के अतिरिक्त अन्य भाषाओं के लेखकों तथा उनके साहित्य पर आपकी दृष्टि बड़ी गहरी है। आप श्री अब्दुलशिकूर प्रोफेसर ! यद्यपि आप भी अदीब नहीं हैं फिर भी पिछले पन्द्रह-बीस वर्षों से इस बात पर रिसर्च फरमा रहे हैं कि उर्दू का कायदा अगर 'अलिफ़' के स्थान पर 'ये' से शुरू हो तो कैसा रहे ?"

"कैसा रहे ?" मैंने पूछा।

अब्दुलशिकूर बोले, "मेरा ख्याल है कि अगर एक बच्चा उर्दू का कायदा छः महीने में खत्म कर लेता है तो फिर छः साल में खत्म किया करेगा।"

मैंने पूछा, "इससे क्या फायदा होगा ?"

वे बोले, "इससे एक तो बच्चे की समझ-बूझ की बुनियादें पक्की होंगी और दूसरे ज़बान मुश्किल से मुश्किलतर होती जाएगी।"

"मुश्किल ज़बान से क्या फायदा होगा ?"

"सही इल्म तो मुश्किल ज़बान ही में मिलता है।"

अब्दुलशिकूर जी फिर बोले, "हमारे यहां तो सहल ज़बान में लिखनेवाले अदीबों का गुज़र ही नहीं। हमने अपनी साहित्य-एकादेमी में इस बात का खास इन्तज़ाम कर रखा है कि कोई ऐसा अदीब इसमें न घुसने पाए, जिसने पिछले पन्द्रह-बीस साल में कोई बात, कोई काम की बात आसान ज़बान में कही हो। हमारे सामने एकादेमी फ्रांस का उदाहरण है। उस एकादेमी में रूसो और वाल्टेयर जैसे अदीबों को शामिल नहीं किया गया था।"

मैंने कहा, "आपको इस बात पर फख्र करने की बजाय शर्म आनी चाहिए।"

"अपना-अपना विचार है।" श्री गणेन्द्रनाथ नागपाल ने एक रसगुल्ले की ओर देखते, बल्कि योगाभ्यास करते हुए कहा।

"खैर, छोड़िए इस बात को", मैंने बात पलटते हुए कहा, "मुझे बचपन ही से पढ़ने-लिखने का शौक रहा है, क्या मैं एकादेमी का मेम्बर हो सकता हूं ?"

"बस, यही तो खराबी है।" श्री गुड़च इन्कार में सिर हिलाकर बोले।

"क्या ?"

"यही कि आपको पढ़ने-लिखने का शौक है।" श्री गुड़च मुझे समझाते हुए बोले, "वास्तव में हमारे यहां मेम्बर होने के लिए बड़ी कठिनाइयों का सामना करना पड़ता है। पहली बात तो यह है कि हम पचास वर्ष से इधर की आयु के लेखक को अपना मेम्बर बनाते ही नहीं, क्योंकि इस समय तक वह वास्तविक शब्दों में जिम्मेदार नहीं कहला सकता। आप हमारी एकादेमी के मेम्बरों को देखिए। एक से एक बूढ़ा पड़ा है, जिसने वर्षों से कोई पुस्तक नहीं पढ़ी, न पढ़ने का इच्छुक है। पुस्तकों से अधिक हमारी कार्यकारिणी समिति में रोगों की चर्चा रहती है। किसी को दिल का रोग है तो किसी को दमे का। किसी की आंख दुखती है तो किसी को कोई मूत्र-रोग—हां, यदि आप किसी भयानक रोग से ग्रस्त हों तो मैं आपकी मेम्बरशिप पर विचार करूं।"

मैंने कहा, "मेरा स्वास्थ्य तो बहुत अच्छा है और अभी पचासवां वर्ष मुझसे बहुत दूर है।"

"तो एकादेमी की मेम्बरी भी बहुत दूर समझिए।" श्री गुड़च हंसकर बोले, 'इसके अतिरिक्त हम कुछ यह भी पसन्द करते हैं कि मेम्बर पढ़ने-लिखने की बजाय यदि सोचने-समझने पर अधिक विचार करें तो अच्छा रहता है। वास्तव में हम अच्छे विचारक पैदा करना चाहते हैं। हमारी कार्यकारिणी समिति में आपको लेखक कम और विचारक अधिक मिलेंगे। हमारे यहां ऐसे भी लोग हैं, जिन्होंने पिछले पांच वर्ष से कोई पुस्तक नहीं लिखी—पिछले पन्द्रह वर्ष से कोई पुस्तक नहीं लिखी बल्कि पूरी आयु में कोई पुस्तक नहीं लिखी, लेकिन वे हमारी एकादेमी के प्रमुख मेम्बर हैं। किसलिए ? एक लेखक होने के नाते से नहीं, एक प्रमुख विचारक होने के नाते ! उन्होंने पढ़ने-लिखने के स्थान पर अपनी आयु का अधिकतर भाग सोचने-समझने, विचार करने, विचार करते-करते ऊंघने और ऊंघते-ऊंघते सो जाने में व्यतीत किया है।"

"क्या कहने हैं !" मेरे मुंह से आप ही आप निकल गया।

"फिर हमारे यहां उन नये-नये आन्दोलनों को भी अच्छा नहीं समझा जाता, जो पिछले तीस वर्षों में भारत के विभिन्न साहित्यों में आए हैं और देखते-देखते उन पर छा गए हैं।"

"आपका संकेत..."

"मेरा संकेत मानवतावादी, जनतंत्रवादी, साम्यवादी, प्रगतिवादी लेखकों के विभिन्न संघों से है। उनके काम से है, उनके साहित्य से है। आप इन संघों के किसी मेम्बर को हमारी एकादेमी का मेम्बर नहीं पाएंगे।"

"क्यों ?" मैंने आश्चर्य से पूछा।

"बस, हम पसंद नहीं करते, और क्यों ?"

"लेकिन उन लोगों की रचनाएं भारत-भर में लोकप्रिय हैं। दूसरी भाषाओं में उनका अनुवाद होता है। भारत से बाहिर दर्ज़नों भाषाओं में उन रचनाओं को आदर-सम्मान की दृष्टि से देखा जाता है।"

"देखा जाता होगा, मगर..." सेक्रेट्री साहिब ने अब बीच में आकर बोलना शुरू किया, "यह भारतीय साहित्य-एकादेमी है। यहां प्रगतिशील लेखक नहीं घुस सकता।"

श्री सुन्दरसिंह बात की कटुता को नम्र स्वर देते हुए बोले, "बात वास्तव में यह है श्रीमान् जी ! कि हम लोग क्लासिकल साहित्य को पसंद करते हैं। उूर्द में गालिब तक, हिन्दी में भारतेन्दु तक, संस्कृत में कालिदास तक।"

"तो इसका मतलब यह हुआ कि इसके बाद अब तक जो कुछ विभिन्न भाषाओं में लिखा गया है, जो कुछ संसार-भर में लिखा गया है, संसार में जो नये आन्दोलन चले हैं, जो घटनाएं-दुर्घटनाएं हुई हैं, जिन्होंने न केवल राजनीति बल्कि पूरे जीवन की धारा को मोड़कर रख दिया है, उनसे आपका कोई सम्बन्ध नहीं ?" मैंने पूछा।

सेक्रेट्री ने मुस्कराकर पूछा, "आप घास तो नहीं खा गए ?"

मैंने कहा, "खाई नहीं है, खाना चाहता हूं।"

सेक्रेट्री ने अपना अतिथि-प्रेम दर्शाते हुए कहा, "अभी मंगवाता हूं।"

यह कहकर वह तो वहां से चल दिए। मैंने मुड़कर श्री गुड़च से पूछा, "मेरा तो साहित्यकारों या साहित्य से सम्बन्ध रखनेवालों से मिलने का यह पहला अवसर है। इससे पूर्व आप लोगों की पुस्तकें पढ़ता था—कहिए, आप लोग, मेरा मतलब है साहित्य एकादेमी के उपस्थित सदस्य साहित्य और साहित्यकारों की सहायता के सम्बन्ध में क्या कार्य कर रहे हैं ?"

श्री गुड़च बोले, "अभी तो हम एक बहुत बड़ी सूची तैयार कर रहे हैं, उन समस्त लेखकों और उनकी समस्त पुस्तकों की, जो पिछले सौ वर्षों में लिखी गई हैं।"

मैंने पूछा, "और उन पुस्तकों की सूची कौन बनाएगा जो पिछले सौ वर्षों में नहीं लिखी गईं। लेखक की दरिद्रता के कारण, वे समस्त कविताएं, वे समस्त चित्र, चित्रकला की सुन्दर कलाकृतियां, वह महान् संगीत, जो कलाकार के दिमाग में घुटकर रह गए, क्योंकि उसके पास खाने को कुछ न था, क्योंकि उसका बच्चा

भूख से दम तोड़ रहा था, उसकी पत्नी क्षय रोग से मर गई थी। उन समस्त पुस्तकों, कविताओं, चित्रों, गीतों की सूची कौन बनाएगा जो हो सकते थे लेकिन हो न सके।"

"यह हमारा काम नहीं है।" श्री गुड़च झेंपकर बोले।

"तो फिर यह किसका काम है ? कौन-सी भारतीय एकादेमी इस काम को अपने हाथ में ले लेगी ? वह कौन-सी एकादेमी होगी, जो लेखक की घायल छाती पर मरहम रखेगी, जो उसकी पुस्तकों की रक्षक बनेगी, जिन्हें उसने अपने हृदय-रक्त से लिखा है। वह कौन-सी एकादेमी होगी, जो लेखकों को उचित जीविका जुटाकर उनसे उपन्यास, कहानियां, कविताएं लिखवाएगी। उन्हें समाज के श्रेयस्कर व्यक्ति समझकर छुट्टी, पेंशन, आर्थिक सहायता देगी। उनके बच्चों की शिक्षा-दीक्षा का प्रबन्ध करेगी। वह कौन-सी एकादेमी होगी, जो लेखकों को मनुष्य समझेगी। उन्हें हवा फांकने वाले, शून्य में रहने वाले अमानवी व्यक्ति समझने पर विवश न होगी।"

"लीजिए, आपकी घास आ गई।" सेक्रेट्री ने जल्दी-जल्दी मुझसे कहा। उसकी कृत्रिम मुस्कराहट के पीछे मैं क्रोध का एक तूफान उठते हुए देख रहा था। साफ नज़र आ रहा था कि यदि एकादेमी के नियमों में यह नियम होता कि किसी मेहमान की गुस्ताखी पर उसे गोली मारी जा सकती है जो वह अवश्य ही मुझे गोली मार देता। परन्तु क्या करता ! घास प्रस्तुत करने पर विवश था।

मैंने इधर-उधर देखा। इस बहस में भाग लेने को कोई तैयार नहीं था। श्री गणेन्द्रनाथ नागपाल जी ने रसगुल्ला निगल लिया था और अब समाधि में चले गए थे। श्री अब्बू अदीब ऊंघते-ऊंघते मराक्वे (समाधि) में पहुंच गए थे। सुन्दरसिंह जी इस तरह बार-बार अपनी दाढ़ी खुजला रहे थे, जैसे उन्हें कोई नया विचार सता रहा हो, हालांकि केवल खुजली थी। जब मैंने यह देखा कि कोई लेखक इस खतरनाक बहस में भाग लेने को तैयार नहीं, तो मैंने भी यही उचित समझा कि घास खाना शुरू कर दूं। एक गधा इससे अधिक कर भी क्या सकता है ! विशेषकर जब उसे ऐसे लोगों से पाला पड़े जो अपनी प्रकृति से लेखक कम और मढ़ी के महंत अधिक मालूम होते हों।

मैंने घास खानी शुरू कर दी। अभी दो-तीन कौर ही लिए थे कि उधर से खटका हुआ। देखा तो एक महाशय गले में चादर डाले, धोती बांधे, तानपूरा हाथ में लिए, मुस्कराते हुए मेरी ओर चले आ रहे हैं।

पास आकर बोले, "हमने सुना है, आपको पक्का गाना सुनने का शौक है।'

मैंने कहा, "अजी, मैं स्वयं पक्का गाना गाता हूं। कहिए तो अभी दरबारी विलम्बित में शुरू कर दूं।"

वे हंसकर बोले, "नहीं ! अभी तो आप चलकर हमारे संगीतकारों से

'गुणकली' सुनिए।''

''ठहरिए तो'', मैंने कहा, ''यह थोड़ी-सी घास खा लूं। फिर जाने कब मिले न मिले...।''

15

❑ *जाना गधे का एकादेमी की सभा में और सुनना 'गुणकली' का और स्वयं सुनाना एक पक्का गाना और पकड़े जाना वहां पर और रस्सी से बांधकर ले जाना मिस रूपवती का उसको*

चूंकि यह कला-सम्बन्धी तीनों एकादेमियों की संयुक्त सभा थी, इसलिए प्रत्येक व्यक्ति चाहे उसे पक्के गाने में दिलचस्पी थी या नहीं थी, 'गुणकली' सुनने में पूर्ण रूप से निमग्न हो गया।

'गुणकली' डेढ़ घंटे तक जारी रही। इस बीच में मैं धीरे-धीरे घास खाता रहा। तन्मयता ऐसी थी कि कभी-कभी मुझे यह अनुभव होने लगता मानो मैं 'गुणकली' खा रहा हूं और घास सुन रहा हूं। बहुत-से लेखक कुर्सियों पर सिर टिकाए सो गए थे। अब्बू अदीब तीन ताल के खर्राटे ले रहे थे। कला-केन्द्र के कुछ कलाकार उकताकर 'गुणकली' गाने वाले उस्ताद कृष्णदास देशपाण्डे के कार्टून बना रहे थे, हालांकि जो स्वयं कार्टून हो, उसका कार्टून बनाने की कोई आवश्यकता नहीं होती। उस्ताद कृष्ण दास देशपाण्डे का घराना पिछले डेढ़ सौ वर्ष से 'गुणकली' के अलाप का विशारद समझा जाता था। पिछले डेढ़ सौ वर्ष से उस घराने ने केवल इसी राग का अभ्यास किया था। अन्य सब राग-रागनियां छोड़ दी थीं और शायद इसलिए 'गुणकली' में ऐसी प्रवीणता प्राप्त की थी कि डेढ़ घण्टा 'गुणकली' सुनने के बाद फूलों को भी नींद आने लगती थी और वे बोर होकर अपनी पत्तियां बन्द करके फूल से कली बन जाते थे। क्लासिकल संगीत विद्या का यह चमत्कार आज भी उस्ताद कृष्णदास देशपाण्डे के घराने में देखा जा सकता है।

'गुणकली' के बाद पन्द्रह मिनट का विराम दिया गया। यदि न दिया जाता तो बहुत-से संगीत प्रेमियों के हार्ट फेल हो जाने का भय था। इस विराम के दौरान सुननेवालों को चाय पिलाई गई और सुनानेवालों के फेफड़ों में आक्सीजन भरी गई, क्योंकि क्लासिकल संगीत की एक विशेषता यह भी है कि इसे डेढ़-दो घंटे गाने के बाद तुरन्त आक्सीजन की आवश्यकता अनुभव होती है।

मैंने एक संगीतकार से पूछा, ''मैंने सुना है कि क्लासिकल संगीत में कई

राग ऐसे हैं, जिनका आलाप पूरा होते-होते तीन-चार घंटे लग जाते हैं।''

''तीन घंटे !'' संगीतकार ने खफा होकर कहा, ''अजी महाशय ! इस विराम के बाद आपको उस्ताद रघीबअली खां गंधर्व मात्रा 'मियां की मल्हार' सुनाएंगे, जो कम से कम छः घंटे तक का प्रोग्राम है। आज उस्ताद पूरी तरह तैयार होकर आए हैं।''

मैंने कहा, ''आप भी तो ऐसे अवसरों के लिए उनकी कब्र खोदकर तैयार रखते होंगे।''

''क्या मतलब !''

मैंने कहा, ''अगर मुझे गणित का एक ही प्रश्न दो लाख बार हल करने को दिया जाए तो इस बीच में किसी न किसी दुर्घटना का हो जाना अति आवश्यक है। संभव है, मैं पागल हो जाऊं। किसी के बाल नोच लूं। आपका गला काट डालूं।''

संगीतकार ने मुझे समझाते हुए कहा, ''क्लासिकल संगीत में ऐसा नहीं होता। हां, अधिक से अधिक, गानेवाला बेहोश हो जाता है। इससे अधिक आज तक कुछ नहीं हुआ। संभव है, किसी सुननेवाले ने घर जाकर आत्महत्या कर ली हो, लेकिन हमारी एकादेमी के पास इस प्रकार की कोई सूचना नहीं है, इसलिए पूरे विश्वास से हम कुछ नहीं कह सकते।''

मैंने कहा, "मैंने तो यही सुना है कि जबसे आपने और आल इण्डिया रेडियो ने क्लासिकल संगीत को प्रोत्साहन देना आरम्भ किया है, देश में पागलों और आत्महत्या करनेवालों की संख्या बढ़ गई है।"

"मालूम होता है", दूसरे संगीतकार ने, जो हमारी बातें सुन रहा था, मेरी ओर देखकर कहा, "आपको भारतीय क्लासिकल संगीत से बैर है।"

"क्लासिकल संगीत को मैं बहुत पंसद करता हूं।" मैंने दूसरे संगीतकार से कहा, "मगर संतुलन के साथ। जिस क्लासिकल संगीत के प्रसार के लिए आप प्रयत्नशील हैं, उसमें से संगीत तो बिलकुल निकल जाता है, केवल गणित विद्या बाकी रह जाती है।"

"आप नहीं जानते", दूसरे संगीतकार ने क्रुद्ध होकर कहा, "हमारा भारतीय संगीत संसार का सबसे प्राचीन संगीत है। पिछले तीन हज़ार वर्ष में इस संगीत का एक सुर नहीं बदला है। राग का जो सुर आज से तीन हज़ार वर्ष पहले था, वही आज भी है।"

मैंने कहा, "इसमें गौरव की क्या बात है ? हमारे अपने वंश में, जब से संसार बना है, हमारे घराने के संगीत का एक भी सुर नहीं बदला। एक गधा आज से एक लाख साल पहले जिस तरह गाता था, आज भी उसी तरह गाता है। क्या मज़ाल जो कहीं एक सुर का फर्क रह जाए। कहिए तो अभी गाकर सुनाऊं।"

पहले संगीतकार ने घूरकर मेरी ओर देखा मगर चुप रहा।

मैंने कहा, "कभी न बदलना, कभी किसी से न सीखना, अपने ढर्रे में कभी कोई परिवर्तन न करना कोई विशेष गुण तो है नहीं। जीवन के अन्य विभागों की तरह कला में भी परिवर्तन होते रहें तो अच्छा है। और यह कहना कि भारतीय संगीत ने बाहर से कोई प्रभाव स्वीकार नहीं किया, बिलकुल गलत है। जिस प्रकार भारतीय संगीत भारत से बाहर गया है, उसी प्रकार अरबी और यूरोपीय संगीत बाहर से यहां आया है। उसने भारतीय संगीत से मिलकर जीवन का नया संगीत उत्पन्न किया है, जो निःसन्देह पहले से अधिक मनमोहक है। आप बाहर के प्रभावों को अपने संगीत में से क्यों निकाल फेंकना चाहते हैं। यह प्रतिक्रियावाद आपको क्यों पसन्द है ?"

"हम अपने देश की संस्कृति में विदेशी तत्वों को क्यों घुसा रहने दें ?"

"हर देश की कला तथा संस्कृति का अपना एक स्वभाव होता है। वह निःसंदेह राष्ट्रीय होता है, लेकिन उसमें जो बाहर के तत्व आकर इस प्रकार घुल-मिल गए हों कि अपनी राष्ट्रीय संस्कृति तथा उसके स्वभाव का एक अंग बन गए हों, उन्हें चुन-चुनकर इस प्रकार निकाल फेंकना, जिस प्रकार आजकल भाषा में से बहुत-से विदेशी शब्द निकाले जा रहे हैं, महामूर्खता है। मैं क्लासिकल

संगीत के विरुद्ध नहीं हूं, लेकिन मैं यह ज़रूर चाहता हूं कि आप लोक-संगीत की भी उन्नति करें और फिल्म-संगीत में यूरोपीय और अरबी संगीत को समोकर जो नये संगीत का निर्माण किया जा रहा है, उसकी ओर भी ध्यान दें। उसकी त्रुटियों पर नज़र रखें लेकिन उसकी अच्छाइयों की प्रशंसा भी करें। आश्चर्य है कि हमारा लोक-संगीत और फिल्म-संगीत भारत की पूरी जनता और भारत से बाहर पूरे एशिया और अफ्रीका बल्कि यूरोप में भी प्रसिद्ध हो रहा है, लेकिन यहां की संगीत एकादेमी सांप की-सी कुण्डली बनाए उसी प्रकार क्लासिकल संगीत के ऊपर बैठी है। क्या आप अपनी केंचुली कभी नहीं उतारिएगा ? और फिर आप यह क्या करते हैं ! यों तो आप क्लासिकल संगीत का प्रोपेगेंडा करते हैं; भारत-भर में जनता की अभिरुचि को ऊंचा करना चाहते हैं, लेकिन जब कोई शो करते हैं और उसमें बड़े-उस्तादों को बुलाते हैं तो टिकट का दाम सौ रुपया रखते हैं। क्या आपका ख्याल यह है कि ऊंचा टिकट रखने से जनता की अभिरुचि ऊंची हो जाएगी ?

"महाशय ! आप पचास-पचास हज़ार के जनसमुदाय में हमारे प्रसिद्ध उस्तादों को नहीं सुनवा सकते, जो हमारा राष्ट्रीय धन हैं। अगर आप संगीत के भंडारों से भारतीय जनता को लाभान्वित नहीं कर सकते और उसे केवल सप्रू हाउस तक, ऊपर के वर्ग के कुछ व्यक्तियों तक सीमित करना चाहते हैं तो फिर मैं कहूंगा कि इस देश को ऐसी किसी संगीत एकादेमी की आवश्यकता नहीं है और उसे जनता के खजाने से एक पाई तक नहीं मिलनी चाहिए।"

क्रोधवश मेरी पूंछ खड़ी हो गई। उधर उस्ताद रघीबअली खां गन्धर्व मात्रा का आग्रह था कि जब तक यह गधा सभा में मौजूद है, वह 'मियां की मल्हार' नहीं सुनाएंगे। विवश हो कला-केन्द्र के माननीय सदस्य श्री म. म. चन्द्रे मेरे पास आए और बड़े विनम्र स्वर में मुझसे बोले, "हमारी प्रदर्शनी को तो आपने देखा ही नहीं। भारतीय चित्रकारों के बहुत-से नये-नये चित्र आए हैं। अभी परसों ही इस प्रदर्शनी का उद्‌घाटन हुआ है। ज़रा चलकर आप भी उसे देख लीजिए और अपनी बहुमूल्य राय दीजिए।"

श्री म. म. चन्द्रे ने पूरे पांच वर्ष तक पेरिस में रहकर भारतीय चित्रकला की शिक्षा प्राप्त की है। उनके एक चित्र 'कांटे ही कांटे' पर इस प्रदर्शनी के जजों ने दूसरा पुरस्कार दिया है। वे सबसे पहले मुझे अपने उसी चित्र को दिखाने ले गए। यह चित्र एक बहुत बड़े कैनवस पर था। एक नग्न स्त्री की पीठ का चित्र था, जो गरदन मोड़े अपने पांव से कांटा निकाल रही थी।

मैंने पूछा, "स्त्री को नंगा दिखाना क्यों आवश्यक था ? स्त्री अगर बाथरूम में न हो तो उसे कांटा प्रायः उसी समय चुभता है, जब वह कोई लिबास पहने हुए हो।"

चन्द्रे ने कहा, ''आप चित्र को समझे नहीं। देखने में यह कांटा इसी स्त्री के चुभ रहा है, लेकिन वास्तव में ऐसा नहीं है।''

''फिर क्या है ?'' मैंने पूछा।

''कांटा नहीं, स्त्री इस कांटे को चुभ रही है।'' म. म. चन्द्रे ने बड़े गौरव से मुझे समझाया।

''अच्छा ! कांटा इस स्त्री को नहीं चुभ रहा, स्त्री इस कांटे को चुभ रही है! क्या कहने हैं। यह रहस्य अब मेरी समझ में आया। देखिए ना, मैं भी कितना गधा हूं, माडर्न कला को अभी तक नहीं समझ पाया।''

''पूरी प्रदर्शनी देख लीजिए।'' म. म. चन्द्रे सहानुभूति प्रकट करते हुए बोले, ''फिर कुछ न कुछ समझ में आ जाएगा—यह देखिए ! यह काल्पनिक कला का अद्‌भुत उदाहरण ! इसे मिस्टर ग़रफ़िश ग्रामे ने भेजा है।''

त्रिकोणों, चतुष्कोणों में घिरी हुई कहीं-कहीं एक स्त्री की झलक नज़र आ जाती थी। बांहों के स्थान पर वायलिन बनी हुई थी, गरदन के स्थान पर सितार के तार खिंचे हुए थे। जहां स्त्री का धड़ होता है, वहां तानपूरा बनाया गया था। कण्ठ के बाहर एक हथौड़ा लटका हुआ था।

मैंने पूछा, ''यह क्या है ?''

वे बोले, ''यह रोशनआरा का चित्र है।''

मैंने कहा, ''और वह महान् संगीतकार इस चित्र को देखने के बाद भी जीवित है ?''

चन्द्रे बोले, ''इस चित्र को अभी केवल उसके पति ने देखा है। लेकिन जब से देखा है, जेब में पिस्तौल डाले आर्टिस्ट को ढूंढ़ रहा है।''

''और वह आर्टिस्ट कहां है, मिस्टर ग़रफ़िश ग्रामे ?''

''पाकिस्तान भाग गया है।'

''चलो, अच्छा हुआ, नहीं तो यहां किसी न किसी का खून हो गया होता। यानी या तो आर्ट का या आर्टिस्ट का।'' फिर मैंने उस चित्र को ध्यानपूर्वक देखा क्योंकि मैं रोशनआरा बेगम को कई बार देख चुका था। कहीं से भी कोई ताल-मेल दिखाई न दिया। आखिर हारकर मैंने कण्ठ से बाहर निकले हुए हथौड़े की ओर संकेत करते हुए कहा, ''इसका क्या मतलब है।''

वे बोले, ''इसका मतलब यह है कि गायक का हर सुर अपने स्थान पर हथौड़े की तरह मजबूत है।''

''वाह ! वाह !! क्या प्रतीकात्मकता उत्पन्न की है।'' मैंने प्रशंसा की और रुक-रुककर म. म. चन्द्रे ने पूछा, ''यह...मिस्टर ग़रफ़िश ग्रामे ने कहां शिक्षा प्राप्त की है ?''

''पेरिस में आठ वर्ष तक ईरानी चित्रकला सीखकर आए हैं।''

"बहुत खूब ! आगे चलिए।"

आगे एक खिड़की आती थी। खिड़की में से उस्ताद रघीबअली खां की आवाज़ साफ गूंज रही थी। 'घन-घन, गरज-गरज घन-घन, गरज !'

खिड़की से आगे एक बहुत बड़े कैनवस पर तीन मछलियों के चित्र थे। एक मछली सीधी खड़ी थी। दूसरी पहली मछली के पेट में घुसी हुई थी। तीसरी मछली दूसरी मछली के पेट में नज़र आती थी। चित्र के नीचे लिखा था—

'ब्रह्माण्ड, चित्रकार बगलोल।'

मैंने पूछा, "ये बगलोल कौन हैं ?"

चन्द्रे ने कहा, "ये बम्बई के प्रसिद्ध कलाकार हैं। ये केवल मछलियों के चित्र बनाते हैं।"

"वह क्यों ?"

"एक बार इनकी प्रेमिका को शार्क मछली ने खा लिया था। बस, उसी दिन से ये केवल मछलियों के चित्र बनाते हैं।"

मैंने कहा, "मगर इस चित्र में इनकी प्रेमिका तो कहीं दिखाई नहीं देती।"

"ध्यान से देखिए ! वह मछली के पेट में है। हर चित्र में इनकी प्रेमिका अवश्य होती है, कभी वह मछली के पेट में होती है, कभी उसकी आंखों में, कभी उसके पैरों में। कहीं न कहीं अवश्य होती है। यह उनके आर्ट का कमाल है।"

"मगर" मैंने और भी ध्यान से उस चित्र को देखते हुए कहा, "मुझे तो इस चित्र में वह कहीं नज़र नहीं आती।"

चन्द्रे ने फिर उस चित्र की ओर ध्यान से देखा। आखिर निराश-सा होकर बोला, "मालूम होता है, वह पच चुकी है। बड़ी सुकुमार प्रेमिका थी, कब तक मछली के पेट में रहती, और वह भी शार्क मछली के पेट में—बेचारी पच गई—आह !"

म. म. चन्द्रे ने रूमाल से, अपनी आंख के कोने से एक आंसू पोंछा।

"इस चित्र पर भी पुरस्कार का कार्ड लटक रहा है !" मैंने चन्द्रे को दिखाते हुए कहा, "मगर क्षमा कीजिए। इन मछलियों से अच्छी मछलियां तो हमारे बाराबंकी में चार वर्ष का बच्चा भी बना लेता है; फिर इसे क्यों पुरस्कार मिला जबकि प्रेमिका भी गायब है ?"

चन्द्रे ने माथे पर बल डालकर कहा, "मालूम नहीं। यहां तो मैं भी आपसे सहमत हूं। मगर बात वास्तव में यह हुई कि जब प्रदर्शनी के जज निरीक्षण करते हुए इस स्थान पर पहुंचे तो लंच का समय हो चुका था और उन्हें सख्त भूख लग रही थी। एकाएक सामने यह चित्र आ गया।"

"चित्र क्या आ गया, मानो मछलियों की प्लेट सामने आ गई।" मैंने बढ़ावा देते हुए कहा।

"जी हां ! और उन्होंने शायद अपनी भूख से विवश होकर इस चित्र पर पांच सौ का पुरस्कार दे दिया।" चन्द्रे ने बड़ी उदासीनता से कहा, "चलिए, आगे चलिए। बड़े-बड़े लोगों से भी भूल हो जाती है।"

मैं आगे बढ़ने ही वाला था कि एकाएक मेरे कानों में आवाज़ आई, "आगे कहां जा रहे हो ?" और फिर उस क्षण किसी ने एक मज़बूत रस्सी मेरी गरदन में डाल दी। मैं मुड़कर रोष प्रकट करने ही वाला था कि देखा, मिस रूपवती हैं। रस्सी को मेरी गरदन में डालकर और फिर अपनी ओर खींचते हुए बोलीं, "बड़ी मुश्किल से काबू में आए हो। अब सीधे-सीधे घर चलो।"

मैं कुछ कहने ही वाला था कि उधर दूसरी ओर से किसी और व्यक्ति ने भी मेरी गरदन में रस्सी डाल दी और मुझे अपनी ओर खींचते हुए बोला, "इसके पास कहां जाओगे ! तुम तो मेरे गधे हो।"

मैंने मुड़कर देखा, दूसरी रस्सी कमला की थी। वह मुझे अपनी ओर घसीट रही थी। रूपवती अपनी ओर, कमला अपनी ओर !

रूपवती बोली, "छिनाल ! छोड़ दे इसे। यह मेरा गधा है।"

कमला बोली, "अरी हट कम्बख्त ! देखती नहीं, यह मेरा गधा है।"

दोनों लड़कियां ज़ोर लगाकर मुझे अपनी-अपनी ओर घसीटने लगीं। मैं दोलत्तियां झाड़ने लगा। अपने-आपको छुड़ाने का प्रयत्न करने लगा। इस प्रयत्न में बहुत-से चित्र, माडर्न आर्ट की कलाकृतियां दीवारों से टूट-टूटकर ज़मीन पर गिरने लगीं। कैनवस मेरी दोलत्तियों के बीच में से फट गए। एक कैनवस दूसरे पर जा गिरा। एकाएक मुझे मछलियों के पेट में रोशनआरा बेगम नज़र आयी और उसके कण्ठ का हथौड़ा बार-बार गरदन पर पड़ने लगा। मैंने चीख-चीखकर पूरी प्रदर्शनी सिर पर उठा ली। इतने में पुलिस के बहुत-से सिपाही भीतर आ गए। सेठ मनसुखलाल भी कहीं से हांफते हुए आ गए। संयोग से इस समय रूपवती और कमला दोनों ने मुझे छोड़ दिया था और आपस में गुत्थमगुत्था हो गई थीं और एक-दूसरे के बाल नोच-नोचकर एक-दूसरे के आशिकों को गालियां दे रही थीं। इस लड़ाई में मुझे कम से कम उनके दो दर्ज़न आशिकों का पता चल गया। सेठ मनसुखलाल ने भीतर आते ही पहले तो मेरी रस्सी काबू में की और दो पुलिसवालों को मेरे दायें-बायें रखा। फिर दूसरे पुलिसवालों की सहायता से उसने रूपवती को कमला की पकड़ से छुड़ाया, जो इस समय उसके बाल खसूटकर उसे नीचे गिराकर उसकी छाती पर चढ़ बैठी थी। बड़ी मुश्किल से उसने उन दोनों को अलग किया और मिस कमला को, जो अब बुरी तरह रो रही थी, एक ब्यूक में बिठाकर उसके घर पहुंचाया गया और फिर मिस रूपवती और सेठ मनसुखलाल मुझे रस्सी से पकड़े पुलिसवालों की रक्षा में अपने घर की ओर चले।

14

❑ *लाया जाना गधे का वापस सेठ मनसुखलाल की कोठी पर और लड़ाई करना मिस रूपवती का उससे और प्रकट होना गुप्त भेदों का*

घर ले जाकर सेठ मनसुखलाल और उसकी सुपुत्री रूपवती ने मुझे एक कमरे में बन्द कर दिया।

उस समय रात हो चुकी थी। सड़क पर कहीं-कहीं घोड़े तांगों में जुते हुए जा रहे थे। एक बैल कागज़ों से भरा छकड़ा खींचे हुए चला जा रहा था। दो

कुत्ते जंजीरों में बंधे हुए एक लड़के के साथ चले जा रहे थे। हम पशुओं का भी क्या जीवन है !

रूपवती के हाथ में एक पतली-सी बेंत की छड़ थी। वह उसे हाथ में लिए-लिए टहल रही थी और क्रोधवश थर-थर कांप रही थी। आखिर सेठ मनसुखलाल ने उसे बहुत समझाया, बहुत समझाया। कहा, "तुम अपने होनेवाले पति के साथ ऐसा व्यवहार नहीं कर सकतीं। कम से कम विवाह से पहले नहीं कर सकतीं।"

मैंने सेठ का पक्ष लेते हुए कहा, "आप ठीक कहते हैं। आमतौर पर पिटाई विवाह के बाद शुरू होती है। तुम विवाह से पहले शुरू कर दोगी तो जीवन अजीर्ण हो जाएगा।"

"तुम चुप रहो जी।" रूपवती ने क्रोध से बेंत घुमाते हुए कहा।

सेठ मनसुखला ने बेंत उसके हाथ से छीन लिया।

रूपवती बेंत की बजाय हाथ घुमाते हुए बोली, "अच्छा, यह बताओ, क्या तुम सचमुच उस कम्बख्त कुतिया पर आशिक हो ?"

"कौन है वह ? मैं आपका संकेत नहीं समझा।"

"वही कमला ?"

"कमला ?"

"हां-हां, वही छिनाल !" रूपवती बड़ी घृणा से बोली, "कम्बख्त स्त्री है या मुरब्बे का डिब्बा। जब देखो, दो-चार पुरुष च्यूंटियों की तरह उससे चिपटे रहते हैं।"

"कमला है तो बहुत सुन्दर !" मैंने उसकी हां में हां मिलाई, "वहां सौन्दर्य-प्रतियोगिता में एक बार तो मेरे मन में भी यह बात आई थी कि मैं उसे 'सुन्दरता की रानी' की उपाधि दे दूं।"

"तो दे दी होती।" रूपवती बड़े क्रोध में बोली, "पिताजी, लाना मेरा बेंत! किधर रख दिया है आपने ?"

मैंने जल्दी से कहा, "लेकिन मुझे उससे प्रेम नहीं है। मैं तो असल में एक गधा हूं। मैं एक स्त्री से कैसे प्रेम कर सकता हूं !"

सेठ मनसुखलाल बोले, "भाई, आजकल एक गधा ही प्रेम कर सकता है, वरना आजकल किसी समझदार आदमी को प्रेम करने का विचार तक नहीं आ सकता। देखो तो, चीज़ें कितनी सस्ती हो रही हैं। गेहूं का भाव गिर गया है। काली मिरच का भाव गिर गया है। अभी-अभी स्टॉक-एक्सचेंज पर मैंने इस मंदे में दस लाख फिर खो दिए हैं। इन भयानक मन्दी के दिनों से कौन भला मानुष प्रेम करेगा, सिवाय एक गधे के !"

मैंने कहा, "संभव है स्टॉक-एक्सचेंज पर कुछ चीज़ें सस्ती हो गई हों, मगर घास तो बहुत महंगी है। मेरी तरह लाखों-करोड़ों गधे प्रतिदिन इसी तरह घास

की महंगाई का रोना रोते हैं।''

मैं कुछ कहने ही वाला था कि इतने में किसी ने दरवाज़ा खटखटाया और एक नौकर ने भीतर आकर कहा, ''सेठ जी, आपका टेलीफोन।''

सेठ जी भागे-भागे टेलीफोन पर, सम्भवतः, स्टॉक एक्सचेंज से अपने भाग्य का नया भाव मालूम करने गए। कमरे में मैं और रूपवती अकेले रह गए।

रूपवती ने पूछा, ''सच-सच बताओ ! तुम्हें कमला बहुत अच्छी लगती है?''

''हां।''

''उसमें क्या है, जो मुझमें नहीं है ?'' आवाज़ में दुःख था।

मैंने कहा, ''जो सच पूछो तो तुम दोनों में क्या है ?''

रूपवती इठलाती हुई मेरे पास आई, ''डार्लिंग ! उस दिन मैंने तुमसे कहा था ना कि तुम कभी-कभी मेरे साथ सैर को जा सकते हो।''

''मगर मेरी पीठ पर जीन कसी होगी ! मुझे याद है।'' मैंने उससे कहा।

वह मेरे और भी निकट आ गई। बोली, ''तुम हर रोज़ मेरे साथ सैर को जा सकते हो और मैं तुम्हारी पीठ पर जीन भी नहीं कसूंगी—और देखो ! तुम्हारी रस्सी मैं स्वयं अपने हाथ में रखूंगी, साईस को नहीं दूंगी।''

''वह तो हर पत्नी अपने हाथ में रखती है—पति की रस्सी।''

रूपवती ने अपनी बांहें मेरी गरदन में डाल दीं। बोली, ''और मैं तुमसे वायदा करती हूं कि साल में दो बार तुम मेरे ड्राइंग-रूम में आकर मेरे साथ एक टेबल पर खाना भी खा सकते हो।''

''वे कौन-से दिन होंगे ?''

''एक तो तुम्हारा जन्मदिन'', रूपवती बोली, ''तुम्हारा जन्मदिन कब होता है ?''

''होता ही नहीं मिस रूपवती ?'' मैंने झल्लाकर कहा, ''कहीं गधों और साधारण व्यक्तियों का जन्मदिन भी मनाया जाता है। जन्मदिन और इस प्रकार की अन्य बातें बड़े-बड़े लोगों तक ही सीमित हैं। अच्छा, खैर, चलिए ! एक तो मेरे जन्मदिन पर आप मुझसे डाइनिंग टेबल पर मिलेंगी, दूसरा शुभ दिन कौन-सा होगा ?''

''जिस दिन हम अपने विवाह की वर्षगांठ मनाया करेंगे।'' मिस रूपवती फिल्म एक्ट्रेसों की तरह लजाकर बोली और उसने मेरे कान पर एक चुम्बन दिया। फिर धीरे से उसने एक कागज़ मेरी ओर बढ़ा दिया।

''यह क्या है ?'' मैंने पूछा।

''कान्ट्रैक्ट।''

''विवाह का कान्ट्रैक्ट ?''

''नहीं प्यारे ! यह तुम्हारी और पिताजी की बिज़नेस-पार्टनरशिप का कान्ट्रैक्ट

है।''

''कौन-से बिज़नेस का ?''

''वही डार्लिंग !'' रूपवती मेरे गले से अपने गाल लगाते हुए बोली, ''वही, जिसके लिए कमला तुम्हें रस्सी से खींचकर अपने घर ले जा रही थी। लो, अब जल्दी से हस्ताक्षर कर दो ना—मेरे प्यारे डंकी मंकी !''

मैंने कहा, ''ज़रा अपने गाल परे हटा लो, मुझे गुदगुदी होती है।''

क्षण-भर के लिए रूपवती की आंखों में मैंने क्रोध की झलक देखी जो दूसरे क्षण में गायब थी। बड़ी मुश्किल से या जाने किस तरह उसने अपने क्रोध तथा घृणा को मुझसे छिपा लिया था। और अब उसी तरह मेरे गले से लगी कह रही थी, ''जल्दी से इस कागज़ पर हस्ताक्षर कर दो ना ! क्या तुम मेरे लिए इतना भी नहीं कर सकते—धबड़ू !''

मैंने कहा, ''मैं तुम्हारे लिए सब कुछ कर सकता हूं। तुम्हें अपनी पीठ पर

सवार करके बाराबंकी तक ले जा सकता हूं। तुम्हारी नई कोठी के लिए ईंटें ढो सकता हूं। तुम्हारी खिड़की के नीचे खड़ा होकर रात-रात-भर पक्का गाना सुना सकता हूं, लेकिन इस कागज़ पर हस्ताक्षर नहीं कर सकता।''

''क्यों ?'

मैं कुछ कहने ही वाला था कि इतने में दरवाज़ा खुला और सेठ मनसुखलाल पसीने में तर, हांफते-हांफते भीतर आए। आते ही रूपवती से बोले, 'गज़ब हो गया ! गज़ब हो गया !! चीज़ें और सस्ती हो गईं। चावल का भाव दो आने मन गिर गया। कपड़ा एक आना गज़ सस्ता हो गया। सीमेंट पर से सरकारी कन्ट्रोल उठ गया। सीमेंट एकदम चार आने पाउंड नीचे आ गया। एकदम सस्ता हो गया।'' फिर एकदम वे रोकर बोले, ''हे भगवान्, अब क्या होगा ?''

मैंने आश्चर्य से कहा, ''चावल, सीमेंट और कपड़े के दाम अगर ज़रा कम हो गए हैं तो इसमें क्या बुरा है। जनसाधारण को ये चीज़ें खरीदने में ज़रा सुविधा हो जाएगी। इसमें रोने की क्या बात है ?''

''रोने की क्या बात है ? अरे, मैं तो लुट गया। मेरा तो इस धंधे में दो करोड़ का नुकसान हो गया ! मेरा तो इस धंधे में दो करोड़ का नुकसान हो गया !'' सेठ चिल्लाकर अपनी छाती पीटते हुए बोला, ''चीज़ों के दाम अगर दो पैसे भी नीचे गिर गए तो मेरा तो दीवाला पिट जाएगा—दीवाला !''

''आप घबराइए नहीं पिताजी !'' रूपवती सेठजी को तसल्ली देते हुए बोली, ''आप अभी इस कागज़ पर हस्ताक्षर किए देते हैं। फिर उस पच्चीस करोड़ के ठेके में से आपका सारा नुकसान पूरा हो जाएगा।'' फिर मेरी ओर मुड़कर बोली।

''जल्दी से हस्ताक्षर करो जी ! देखते नहीं हो, तुम्हारे ससुर रो रहे हैं।''

''हस्ताक्षर मैं किए देता हूं !'' मैंने विवश होकर कहा, ''लेकिन वह पच्चीस करोड़ का ठेका किधर है ?''

''क्या मतलब ?'' सेठ मनसुखलाल चौंककर बोले, ''तुम उस दिन स्वयं ही तो कह रहे थे कि प्रधानमंत्री से बातचीत करते हुए पच्चीस करोड़ के ठेके...''

''मगर...'' मैंने जल्दी से बात काटकर कहा, ''मगर आपने मेरी पूरी बात कहां सुनी थी ! बात मेरे ठेके की नहीं हो रही थी, बरमा रोल आयल रिफायनरी के पच्चीस करोड़ के प्रोजेक्ट की...''

''बाप रे, मैं तो बिलकुल लुट गया।'' सेठ ने ज़ोर-ज़ोर से अपना सिर पीट लिया। ''पच्चीस करोड़ का ठेका भी हाथ से गया। अरे लोगों ! इसके लिए मैंने क्या-क्या नहीं किया। इस कम्बख्त गधे को अपने घर में रखा। एक तरह से इसे घर-जमाई बनाया। इसे म्युनिसिपल कमेटी से सम्मान-पत्र दिलवाया। पत्रों में इसके फोटो निकलवाए। जलसे, हार, सुगंधित चाय ! हाय राम ! मैं तो बिलकुल

लुट गया।''

''ठेका नहीं था !'' रूपवती की आंखों से चिंगारियां-सी निकलने लगीं, ''फिर तू हमारे घर में क्या कर रहा है ?''

मैंने कहा, ''संभलकर बात करो ! मैं तुम्हारा होने वाला पति हूं।''

''कमीने ! गधे !!''

''मगर मैं तो तुम्हारा धबड्डू हूं। तुम्हारा डार्लिंग !''

''हरामज़ादे !''

रूपवती ने बेंत उठा लिया, सेठजी ने डंडा। एक नौकर कहीं से मोटा-सा बांस ले आया। मैंने इधर-उधर बहुत देखा, लेकिन सब दरवाज़े बन्द थे और चारों ओर दीवारों में कोई खिड़की नहीं थी। इसलिए...! ०००

स्टाप प्रेस

बोलने वाला गधा कल रात बेतरह घायल हो गया। उसकी बहुत-सी हड्डियाँ-पसलियाँ टूट गई हैं। टांगों पर भी सख्त चोटों के निशान हैं। हमला करने वालों का पता नहीं चल सका। पुलिस उसे घसीटकर पशुओं के चिकित्सालय में ले गई। डॉक्टरों की राय से उसकी हालत खतरनाक बताई जाती है। संभव है इस मार के कारण वह जीवित न रह सके। जो हो, चिकित्सा की जा रही है। पढ़नेवाले उसके लिए प्रार्थना करें। संभव है कभी वह अच्छा हो जाए और फिर कभी आपकी सेवा में उपस्थित हो सके।

हमारे अन्य श्रेष्ठ प्रकाशन

चर्चित पुस्तकें

आवारा मसीहा, विष्णु प्रभाकर, **अदम्य साहस** डॉ. अब्दुल कलाम, **प्रेरणात्मक विचार** डॉ. अब्दुल कलाम, **मेरी आपबीती** बेनज़ीर भुट्टो, **मेरे सपनों का भारत** महात्मा गांधी, **सत्य के प्रयोग** महात्मा गांधी, **जिन्ना : भारत विभाजन के आइने में'** डॉ. जसवंत सिंह **परिवर्तन और राजनीति** एन.के. सिंह, **भारतीय अर्थतंत्र, इतिहास और संस्कृति** अमर्त्य सेन, **आर्थिक विकास और स्वातन्त्र्य** अमर्त्य सेन, **आर्थिक विषमताएं** अमर्त्य सेन, **गरीबी और अकाल** अमर्त्य सेन, **भारत विकास की दिशाएं** अमर्त्य सेन, **भारतीय राज्यों का विकास** अमर्त्य सेन, **हिंसा और अस्मिता का संकट** अमर्त्य सेन, **भारतीय दर्शन** डॉ. राधाकृष्णन्,

शब्दकोश : कोश : शिक्षा

राजपाल बृहत् हिन्दी-अंग्रेजी शब्दकोश डॉ. हरदेव बाहरी, **राजपाल बृहत् अंग्रेजी-हिन्दी शब्दकोश** डॉ. हरदेव बाहरी, **राजपाल हिन्दी शब्दकोश** डॉ. हरदेव बाहरी, **शिक्षार्थी हिन्दी-अंग्रेज़ी शब्दकोश** डॉ. हरदेव बाहरी, **राजपाल अंग्रेज़ी-हिन्दी शब्दकोश** डॉ. हरदेव बाहरी, **राजपाल अंग्रेज़ी-हिन्दी पारिभाषिक शब्दकोश** डॉ. हरदेव बाहरी, **राजपाल हिन्दी-अंग्रेज़ी थेसॉरस** गोपीनाथ श्रीवास्तव, **राजपाल अंग्रेजी-हिन्दी राजभाषा प्रयोगकोश** गोपीनाथ श्रीवास्तव, **राजपाल लोकोक्ति कोश** हरिवंश राय शर्मा, **राजपाल साहित्यिक मुहावरा कोश** हरिवंश राय शर्मा, **राजपाल साहित्यिक सुभाषित कोश** हरिवंश राय शर्मा, **विद्यार्थी हिन्दी शब्दकोश** डॉ. ओमप्रकाश, **शब्दार्थ-विचार कोश** आचार्य रामचन्द्र वर्मा, **शब्द-परिवार कोश** डॉ. बदरीनाथ कपूर, **व्यावहारिक उर्दू-हिन्दी शब्दकोश** डॉ. सैयद असद अली, **कहावत कोश** समर सिंह

उपन्यास

मानस का हंस अमृतलाल नागर, **नाच्यौ बहतु गोपाल** अमृतलाल नागर, **खंजन नयन** अमृतलाल नागर, **बिखरे तिनके** अमृतलाल नागर, **पीढ़ियां** अमृतलाल नागर, **करवट** अमृतलाल नागर **सेठ बांकेमल** अमृतलाल नागर, **सात घूंघट वाला मुखड़ा** अमृतलाल नागर, **सोमनाथ** आचार्य चतुरसेन, **वयं रक्षामः** आचार्य चतुरसेन, **वैशाली की नगरवधू** आचार्य चतुरसेन, **सोना और खून** (चार भागों में) आचार्य चतुरसेन, **कब तक पुकारुं** रांगेय राघव, **घरौंदा** रांगेय राघव, **न आने वाला कल** मोहन राकेश, **समग्र उपन्यास** कमलेश्वर, **कितने पाकिस्तान** कमलेश्वर, **एक सड़क सत्तावन गलियां** कमलेश्वर, **काली आँधी** कमलेश्वर, **सुबह दोपहर शाम** कमलेश्वर, **अभिज्ञान** नरेन्द्र कोहली, **आतंक** नरेन्द्र कोहली, **साथ सहा गया दुख**

नरेन्द्र कोहली, **जंगल** नरेन्द्र कोहली, **एक नौकरानी की डायरी** कृष्ण बलदेव वैद, **शिकस्त की आवाज़** कृष्ण बलदेव वैद, **नर नारी** कृष्ण बलदेव वैद, **एक इंच मुस्कान** राजेन्द्र यादव/मन्नू भंडारी, **जंगल के फूल** राजेन्द्र अवस्थी, **अकेली आवाज़** राजेन्द्र अवस्थी, **कुहरे में युद्ध** शिवप्रसाद सिंह, **औरत** शिवप्रसाद सिंह, **रात भारी है** अमृता प्रीतम, **कैली कामिनी और अनीता** अमृता प्रीतम, **जलते बुझते लोग** (एक ही जिल्द में तीन उपन्यास) अमृता प्रीतम, **यह कलम यह कागज़ यह अक्षर** अमृता प्रीतम, **ययाति** वि.स. खांडेकर, **कोणार्क** प्रतिभा राय, **उसका अपना आकाश** प्रतिभा राय, **चित्रप्रिया** अखिलन, **एक गधे की आत्मकथा** कृश्न चंदर, **तापसी** कुसुम अंसल, **पहाड़ चोर** सुभाष पंत, **औरतें** खुशवंत सिंह, **समुद्र की लहरों में** खुशवंत सिंह, **मुजरिम हाज़िर** विमल मित्र, **अन्तर्गाथा** पी.वी. नरसिंह राव, **कुली** मुल्कराज आनंद, **अछूत** मुल्कराज आनंद, **सात साल** मुल्कराज आनंद, **दिशाएं बदल गईं** नरेश भारतीय, **सावित्री** व्योहार राजेन्द्रसिंह **कुली बैरिस्टर** राजेन्द्रमोहन भटनागर, **गाइड** आर.के. नारायण, **स्वामी और उसके दोस्त** आर.के. नारायण, **वध** मनहर चौहान।

कविता

मधुशाला बच्चन, **मधुबाला** बच्चन, **मधुकलश** बच्चन, **खैयाम की मधुशाला** बच्चन, **मेरी श्रेष्ठ कविताएं** बच्चन, **निशा निमंत्रण** बच्चन, **जाल समेटा** बच्चन, **दो चट्टानें** बच्चन, **सतरंगिनी** बच्चन, **मिलन यामिनी** बच्चन, **आत्मिका** महादेवी, **नीलांबरा** महादेवी, **दीपगीत** महादेवी, **चुनी हुई कविताएं** अज्ञेय, **गीतांजलि** रवीन्द्रनाथ टैगोर, **साधना** रवीन्द्रनाथ टैगोर, **पथ का गीत** रवीन्द्रनाथ टैगोर, **आखिर यह मौसम भी आया** रमानाथ अवस्थी, **क्या खोया क्या पाया** अटलबिहारी वाजपेयी, **अंग्रेजी के श्रेष्ठ कवि और उनकी श्रेष्ठ कविताएं** कुलदीप सलिल

कहानियाँ

मोहन राकेश की संपूर्ण कहानियां मोहन राकेश, **अज्ञेय की संपूर्ण कहानियां** अज्ञेय, **एक दिल हज़ार अफ़साने** अमृतलाल नागर, **मालगुड़ी की कहानियां** आर. के. नारायण, **सत्यजित राय की कहानियाँ** सत्यजित राय, **समग्र कहानियां** कमलेश्वर **मेरी प्रिय कहानियां** अज्ञेय, आचार्य चतुरसेन, भगवतीचरण वर्मा, रांगेय राघव, अमृतलाल नागर, मोहन राकेश, निर्मल वर्मा, राजेन्द्र यादव, कृश्न चन्दर, कमलेश्वर, मन्नू भंडारी, फणीश्वनाथ रेणु, यशपाल, इलाचन्द्र जोशी, भीष्म साहनी,

राजपाल